Ren & Mikage
「気高き花の支配者」

それが合図になったかのように、御影自身もベッドに乗って
蓮の体を強引に押さえ込むと、自分のシャツの胸元を開いていく。
「さぁ、楽しませてもらおうか。退屈な夜は嫌いでね」
（本文P.47より）

気高き花の支配者

水原とほる

キャラ文庫

この作品はフィクションです。
実在の人物・団体・事件などにはいっさい関係ありません。

目次

口絵・本文イラスト／みずかねりょう

この屋敷は嫌いじゃない。特に書斎は懐かしい感じがする。蓮《れん》は廊下に誰もいないことを確認してからこっそりと書斎に入ると、本の香りを胸一杯に吸い込む。

ほんの一年前に自分が住んでいた屋敷は、ここと違い建物のほとんどの部分が日本建築だったが、来客用の応接間や父親の仕事部屋など、部分的には洋風の造りが取り入れられていた。

そんな仕事部屋の隣にはやっぱり書斎があって、ここと同じく蓮が未《いま》だ知らぬ知識の香りが漂う場所だった。そして、もう一ヶ所同じ香りのする場所を知っている。それは、やはり一年前まで自分が通っていた第一高等学校の学舎の図書室だ。

けれど、どちらも今の蓮にはあまりにも遠い場所になってしまい、もはや戻ることはできない。時代もすでに明治天皇が崩御《ほうぎょ》され、元号が大正と変わり二年が過ぎた。自分だけが世の中の流れから取り残されてしまった気持ちになるとき、なんでもいいから虚《むな》しさに呑《の》み込まれそうになる心を慰めてくれるものがほしくなる。

そんなとき、許されたわずかな時間を見つけると、蓮は人目を忍んでこっそり書斎にやってくるのだ。

一昨日の午後に読み始めた本には、誰にも気づかれないように小さなこよりを挟んである。ここにある本はすべて読んでしまったのかあるいは興味がないのか、主人は書斎の書棚など見向きもしない。

屋敷の使用人たちは難しい本や貴重な本が並ぶ書斎は、主《あるじ》の寝室と同じように畏《おそ》れ多い場所とでも思っているのか、掃除にやってきても床を磨き、書棚の埃《ほこり》を払うだけでそそくさと出て行く。それゆえ、蓮が挟んだこよりが見つかることはまずなかった。

手に取ったのはロシアの作家プーシキンの「オネーギン」。チャイコフスキー作曲のオペラにもなっている物語だ。最初に日本語に訳されたのは、明治の中頃だと聞いている。それから二十年以上経った今では、こうして裕福な家庭の書斎に並ぶ一冊になっている。

半分ほど読んでみて、少女タチヤーナの恋心を踏みにじった主人公に感情移入はできないが、鼻持ちならないエリート主義の男の姿には自分を含めて、周りにいた人間の姿を投影して皮肉な笑みが漏《も》れる。

もし、蓮の父親が大陸で暴動に巻き込まれて亡くなることなく、母親も存命で一家が平和に暮らしていたら、自分はオネーギンのような男になっていただろうか。

思い返せば、以前は自分自身がこのような屋敷で大事な跡継ぎとして育てられ、なんの不自由も遠慮もなく生きていたのだ。だが、この一年は蓮にとってあまりにも激動そのものであり、もはや思い出すのも辛《つら》いことばかりだった。

　ならば、今は落ち着いた暮らしをしているのかといえば、けっしてそんなこともない。蓮が現実から逃げるようにして活字の世界に入り込んでいたとき、自分を呼ぶ声にハッとして本を閉じる。慌てて書斎を出て行くと、使用人頭の村上《むらかみ》が暗い面持ちで廊下をやってくるのが見えた。常に背筋を伸ばし、白髪交じりの髪をきちんと整えた五十過ぎの男の顔には、苦労の分だけ皺《しわ》が刻まれている。そして、今もまた眉間《みけん》に深い皺が寄っているのが見てとれた。

　彼がそういう顔をしているときは、面倒を頼むときときまっている。そして、その面倒というのもおおよそ想像がついていた。

「ああ、蓮、ここにいたのか？　すまないが、例の客人の世話を頼めるかな。あの男、いや、あの方の扱いはどうにも難しくて……」

　苦虫を嚙《か》み潰《つぶ》したような顔で言うと、面倒を蓮に押しつけていささかすまなそうに視線を伏せる。村上はこの屋敷に長く勤めている忠実で誠実な使用人だ。当然ながら、主の信頼も厚い。だが、そんな村上でも苦手に思い、自分の手を煩《わずら》わせたくないこともあるのだ。

　彼の気持ちはわからないでもない。だからといって、その客人の世話をすることは蓮にとっても楽しい仕事ではなかった。ただ、屋敷の他の誰もがやりたがらないことだから、ここに勤めて日の浅い蓮がそれを引き受けるしかないのだ。

「旦那様も間もなくお戻りになると思うが、それまでに支度をということだ」

村上の言葉に黙って頷《うなず》くと、蓮は主の部屋に向かう。その背中で村上が重い溜息《ためいき》を漏らしながら、「旦那様もいい加減に身を固めてくだされればよいのに……」と呟《つぶや》いていた。

この屋敷の主である御影《みかげ》シモンは今年で三十四になると聞いている。世間ではとっくに妻を娶《めと》って、子どもの一人や二人いてもいい年齢だ。

少し変わった名前からも察することができるように、彼は純粋な日本人ではない。明治の初期に日本にやってきた商人の父親はオランダ系ドイツ人で、日本人の妻を娶ってその間にできた子どもだという。

リビングのマントルピースの上に置かれた両親の写真を見れば、彼が異国人の父親の血を引いていることははっきりとわかる。御影の幼少の頃の写真もその横に並べてあるが、幼い頃の彼は今よりも髪の色が薄く、透き通るように白い肌をしていた。

ところが、今の彼の容貌《ようぼう》に異国の血をそう強く感じることはない。おそらく、成長して大人になるとともに母親の遺伝子が色濃く出てきたのだろう。顔の彫りは深く鼻梁《びりょう》は高く、長身で体格はいいが、艶《つや》やかで豊かな黒髪も、黒い瞳もこの国の人間と変わることはない。

また、母方の姓である「御影」を名乗っている彼は、「シモン」という名以外にも、「琢磨《たくま》」という日本の名前も持っているのだと村上が話していた。

そんな人目を引く容貌の持ち主である御影は、父親が日本で興した商社を継いでいる。この横浜《よこはま》を拠点に、日本からは良質の生糸や陶磁器を海外に輸出し、母国のドイツからは医薬品や医療器具、またオランダからはコーヒー豆や花の球根、野菜の苗などを中心に輸入して大きな利益を上げている。

すでに日本人の母親を連れてドイツに帰国した父親の忠告どおり堅い商売をしているものの、御影の私生活は極めて奔放《ほんぽう》だった。彼の父親の代から勤めている村上でさえ頭を抱えているように、彼はこの歳になっても身を固める気などないらしく、男女を問わずに気ままに遊んでいる。

そして、そんな彼の現在のお気に入りが村上を悩ませている「客人」だった。御影が三ヶ月ほど前に遊びに行った娼館で買った深鷺《みさき》という名の男娼で、確かに美しい男だが名前からして怪しげだと蓮も思っていた。

（深いに鷺か……）

鷺という音が「詐欺」を連想させ、なおかつそれが深い。なんだか「業《ごう》」の強さを感じさせる名前だ。そんな青年がこの三ヶ月というもの、御影に気に入られたのをいいことに我が物顔で屋敷にやってくる。もちろん、御影との情事を楽しむためだ。

村上は深鷺の世話を苦手に思っていると同時に、御影がこの男娼に入れあげて、身持ちを崩すことがないよう案じている。御影の父親に若い頃から面倒を見てもらっていた村上にしてみれば、自分の目が黒いうちに御影の屋敷が傾くようなことがあれば、先代に申し訳ないと思っているのだろう。

だが、御影という男がどうなろうと蓮にはさほど関心もない。男娼に入れあげて商売をそっちのけにするならそれまでのことだ。愚かな経営者が身上《しんしょう》を潰したところで珍しくもない。それに、今の自分は言われた仕事をするだけだ。生きるために必要ならば、人の足元に這《は》い蹲《つくば》る覚悟もできているつもりだった。

「もうっ、御影様はまだ帰ってないの？　僕がくるって言ってあったのに？」

部屋に入るなり不機嫌そうな深鷺の声がする。他に誰もいない部屋だから、蓮に問いかけているのは明白だったが、あえて答えずに一礼をしてトレイに載せた紅茶をテーブルに置く。

「何、それ？　紅茶？」

蓮は口を開かないまま小さく頷いてみせる。気難しい男娼の機嫌を取る気などないから、ろくに口すらきけないふりをしているのだ。

「紅茶なんか嫌い。冷たいコーヒーがいい。この屋敷の厨房《ちゅうぼう》なら、それくらい作れるだろ」

深鷺は肩まで伸ばした髪を唇の端で挟みながら言う。

「御影……、あの、旦那様が紅茶を好まれるので、コーヒーは……」

屋敷で常備しているかどうか、働き出してからそう長いわけでもない蓮は厨房の事情までよく知らなかった。

「僕が男娼だから何も知らないとでも思ってるの？　御影様は異国から運んできたコーヒー豆を日本に売ってるんでしょ。そんな屋敷にコーヒーがないわけないだろ」

それはそうだが、御影は商売品のコーヒーよりもなぜかイギリス人のように紅茶を好んで飲む男だった。朝食は必ずミルクティーを用意させるし、午後に屋敷で客人をもてなすときも紅茶でアフタヌーンティーを楽しんでいる。中にはおいしいコーヒーが飲めると思ってこの屋敷を訪ねてくる客もいると思うが、御影はそんな客の期待を平気で裏切って、素知らぬ顔をしているような男だ。

これも村上から聞いた話だが、日本人の母親がコーヒーよりも日本茶に近い紅茶に親しんでいたから、彼もまたそういう習慣で育ったらしい。だが、そんな事情など愛人の深鷺には関係ないことだ。

「それとも、僕には売り物のコーヒーは出せないってこと？　おまえさ、下働きの分際で馬鹿にしてるの？　男娼の言うことなんか聞けないって思ってるわけ？」

ひどく苛立《いらだ》った声を聞いて蓮は内心しまったと思いながらも、言い訳の言葉を呑み込んでいた。どうせ何を言っても深鷺を宥《なだ》めることなどできないとわかっているからだ。

育ちや仕事のことを言うつもりはない。けれど、向こうがそれを何よりも強く意識している。蓮のことなどどうでもいいのだ。彼のプライドが自分を馬鹿にするすべてを許さないといきり立っているのに、宥める術《すべ》などあるわけもない。

深鷺は蓮がそそいだばかりの紅茶のカップを手にすると、ヒステリックな声色で言う。

「僕がほしいものを用意しろって言われてるんじゃないの？　そういう態度を取っているなら、

こっちにも考えがあるからねっ」

その考えはどんな浅知恵だと思ったら、いきなり熱い紅茶の入ったカップが蓮に向かって投げつけられた。咄嗟《とっさ》に身を屈《かが》めたので紅茶を頭から被ることはなかったが、身を庇《かば》うように持ち上げた手の甲にジリッと熱さを感じて顔を歪《ゆが》める。

深鷺はそんな蓮の顔を見て、さも意地悪げに笑う。

「熱かった？　でも、そっちが悪いんだよ。僕の好きなものを用意しておかないからさ」

そんなふうに言うけれど、先日きたときには紅茶を出されて、御影と一緒にアフタヌーンティーを楽しんでいたのだ。昨日と今日では言うことが違うし、主人の前では素早く猫を被る。そんな気まぐれでわがままな客人にうまく対応できるわけもなく、村上にかぎらず屋敷の使用人の誰もが敬遠するのも無理のないことだった。

「ほら、さっさとコーヒーを持ってきなよ。冷たいのだからね。氷も入れてくれよ」

氷はまだ地下の保冷室にあるだろうか。この季節は氷売りに定期的に持ってこさせているが、いつも保冷室に残っているわけではない。蓮が案じながらも、紅茶のトレイを持って部屋を下がろうとしたときだった。

「ミサギ、待たせて悪かったね。屋敷で何か不都合でも？」

両手を広げて自分の愛人をその腕に迎え入れようとするのは、この屋敷の主である御影だった。淡いベージュの麻で仕立てたスーツにアスコットタイを締め、帽子を小脇にしている姿はいかにも時代の先端といういでたちだが、異国の血を引く華やかな容貌にはよく似合っている。そして、堂々とした態度に相応《ふさわ》しい体躯《たいく》と美貌が見る者の心を強く引きつける男だった。

そんな彼の視線は膨《ふく》れっ面の深鷺にそそがれていて、紅茶のカップを投げつけられた蓮にはまったく向けられることはない。

「なんでもないよ。それより、こんなふうに待たせないで。あなたがいないと、この屋敷の誰もが僕を馬鹿にするんだ。そういうのってすごくいやなんだ。だから、僕を一人にしないで」

深鷺が男娼だからという偏見はあるにしても、彼の卑屈さからくる傲慢《ごうまん》な態度が屋敷の使用人の気持ちを頑《かたく》なにしているのもまた事実なのだ。

蓮はそのことに気づいているが、何を言える立場でもない。割れたティーカップの欠片《かけら》を急いで拾い集めると、熱い紅茶を投げられて濡れた髪や体をトレイで隠すようにしてその場から下がろうとする。

すると、御影がチラッとこちらを見て小さな溜息を漏らす。

「ミサギはわたしの大事な客人なんだ。くれぐれも失礼のないようにしてくれないか」

最近入ったばかりの蓮ごときに説教しても仕方がないと思っているのだろうが、とりあえず自分の愛人の手前叱《しか》ってみせているという態度だった。

「申し訳ありません。これからは気をつけます」

蓮も形ばかり頭を下げて小さい声で返事をするが、その言葉に気持ちはこもっていない。それでも、御影が「よし」と言うまでじっと頭を下げ続けていた。

これが今の自分の仕事だとわかっていても、こういうときにはひどく惨《みじ》めな気持ちになってしまう。と同時に、自分がその昔「坊ちゃま」と呼ばれていた頃はどうだっただろうかと考えてしまうのだ。

あの頃の自分は、もしかして深鷺のように鼻持ちならない人間だっただろうか。何不自由なく育ったせいで、人に対する気遣《きづか》いが欠けてはいなかっただろうか。

人は一人で生きているわけではない。人とのかかわりの中で生かされているということを、近頃は少しわかりかけてきた気がしていた。ただ、「人々の中で生きる」ということを辛く感じるときもあるのだ。

（それでも、あの男に飼われていたときのことを思えば、これくらいなんでもない……）

そう自分に言い聞かせて、蓮は部屋を出て行く。

閉めた扉の向こうからは、深鷺の甘えた声が聞こえてくる。間もなく、抱き合って唇を重ねる音も響いてきた。蓮は淫《みだ》らな音から逃れるように伸びた前髪から落ちる紅茶の滴を拭い、その場から走り去るのだった。

『その気位の高い顔が苦痛で歪むのを見ると、たまらなく心が沸き立つよ。本当におまえは美しい。いくら虐《いじ》めても足りない。もっと淫らに泣かせて、この足元に縋《すが》らせてやりたいものだ』

男の声が耳元でして、蓮はハッとしたように目を覚ます。硬いベッドで飛び起きてみると、ぐっしょりと寝汗をかいていた。

それでも、あの声が夢だったとわかり大きく安堵《あんど》の吐息を漏らす。久しぶりにいやな夢を見た。忘れたつもりでいたけれど、心の奥深くに残る苦い記憶は容易に消し去ることはできないのだ。

額から頬《ほお》に流れ落ちる冷や汗を拭おうとして、蓮が手のひらで自分の顔にそっと触れる。母親に似て女性的な目鼻立ちをしているこの顔に、あの男はことのほか執着していた。鼻梁の細さや赤く薄い唇、色が白く全体的に小ぶりな顔の造りの中で、目だけが大きく黒目がちなのが特に気に入っていると言っていた。なので、今は前髪を伸ばして、そんな顔ができるだけ人目に触れないようにしていた。

その前髪を少し横に流して、枕の下から父親の形見の懐中時計を取り出すと時間を確認する。いつも起きる時間より少し早いが、初夏の今はすっかり窓の外が明るい。すでに厨房では朝食の用意を始めているのか、中庭の向こうに見える煙突から煙が出ていた。竈《かまど》で朝食用のパンを焼いている煙だ。

蓮はベッドから出ると、この屋敷の使用人として与えられている白い綿のシャツに黒いズボンを身につける。狭い洗面所で身支度を整えながら、鏡に映った自分の前髪をまた深くたらして顔がよく見えないようにした。

使用人の中でも一番歳が若く、新しく入った蓮はあまり人前に出るような仕事はまかされない。屋敷の裏で雑用を指示されることがほとんどなので、少しくらい鬱陶《うっとう》しい髪形をしていてもうるさく注意されることがないのは幸いだった。

まずは厨房に顔を出すと朝食を食べさせてもらう。まかない用に作ってある具の多い味噌汁に、焼きたてのパンの端の部分がもらえる。その昔、蓮の座る食卓に出されるパンは、真ん中の柔らかい部分だけだった。けれど、今は屋敷の主が手をつけることのない硬い端を食べている。それでも、焼きたてのパンが味わえるのはありがたいことだった。

簡単な朝食のあとは、いつもどおりに雑用を言いつけられて裏庭に出る。風呂に使う薪《まき》を割ってから、来客に備えて表門の周囲を掃き、屋敷に戻ると普段は使っていない部屋の掃除をして回る。

そんな仕事の合間に時間を見つけ、いつものように書斎で本の続きを読もうと思っていたときだった。

昨日と同じように村上が蓮を探して廊下をやってくると、気のすすまない様子で御影の寝室に行ってくれないかと言う。

そういえば、昨夜は深鷺が屋敷に泊まっていたはずだ。すでに昼前になっているこの時間にようやく目覚めたのか、寝室まで朝食を持ってくるように言っているらしい。

主の御影はとっくに自分の経営する商館に出向いている。御影がいないといよいよ扱いにくい深鷺なので、村上や他の使用人はかかわりあいたくないのだろう。

蓮は頼まれるままに厨房に行くと、トレイに用意されていた朝食を手にして御影の寝室に向かう。トレイの上には紅茶ではなくて冷やしたコーヒーの入ったグラスが載っている。昨日ごねていたから、きっと御影が用意するように言っておいたのだろう。

商談の客には自分の好きな紅茶しか出さないくせに、愛人にはずいぶんと甘いことだと呆《あき》れた。とはいえ、これで今朝は文句も言われないですむだろう。そう思っていたが、少しばかり甘かったようだ。主が出かけたあとも広いベッドでゆっくりと眠っていた深鷺は、朝食のトレイを見ても食欲がないとまたシーツを被ってしまう。

「それより、汗ばんでいて気持ち悪いんだ。湯と手ぬぐいを持ってきて体を拭いてよ」

情事のあとの体をきれいにしろと言われて、蓮は微《かす》かに眉間に皺を寄せる。だが、躊躇《ちゅうちょ》していることを悟られると、また深鷺にどんな嫌がらせをされるかわからない。

「すぐに用意をします」

それだけ言うと、一度部屋を出て厨房で洗面器に湯をもらってから手ぬぐいを持って寝室に戻った。その頃にはすでにすっかり目を覚ましていた深鷺は、ベッドの上にトレイを載せて朝食を貪《むさぼ》りながら片足をシーツから出してくる。

「ほら、拭いてよ」

「でも、上からでないと……」

「いいんだ。足とあそこだけで」

その言葉を聞いて、蓮はすぐに合点がいった。きっと昨夜の情事のあとに深鷺は湯を使って体をきれいにしているのだ。にもかかわらず、蓮に体を拭かせるのは自分のわがままが通るか試しているだけだ。

自分の足元に誰かを跪《ひざまず》かせたい。普段は人から侮蔑《ぶべつ》の目で見られることの多い身だからこそ、こういう場所ではそんなあさましい欲望がむき出しになるのだろう。

蓮は黙ってベッドの下に跪くと、洗面器の湯に浸し固く絞った手ぬぐいで深鷺の足を丁寧に拭ってやる。白く細いきれいな足だが、身を売って生きている人間特有の手をかけすぎた不自然さがある。こういう仕事をしている人間の寿命が長くないことは聞いている。体とともに心も病んで、朽ちていくらしい。

彼らが身を売るとき、胸の内にあるのは相手を慕う気持ちではなく、媚《こ》びる手段と相手の財産を数える知恵だけだ。飽きられても終わり。相手が金を失っても終わり。そんな関係に身を費やしているのだから、心の平静など望むべくもないのだろう。

それを思うと、深鷺が御影の庇護《ひご》を受けてどんなに偉そうに振る舞ったところで哀れに見えてしまう。蓮がそんな彼の足の脛《すね》から膝《ひざ》にかけて手ぬぐいで拭っていると、頭上でフンと一つ鼻を鳴らすのがわかった。

「おまえさ、生意気だよね」

「え……っ？」

「使用人のくせに、いつも僕を馬鹿にした目で見てる。ううん、哀れんだ目で見てるだろ？」

一瞬、胸の中を読み取られたような気がしたものの、動揺を隠して小さく首を横に振る。

「そんなことはありません」

「嘘つけ。いつも俯《うつむ》いて顔を隠しているけど、その鬱陶しい前髪の下で本当は男娼ごときが偉そうにしてと笑っているんだろう？」

「違います。わたしは旦那様の言いつけどおりに……」

大切な客人として接しているだけだと言いかけたとき、蓮の肩にずしりと重みがかかった。見れば、深鷺の片足がのっている。

「主人の言うことをきいているだけ。でも、腹の中じゃ、面倒を押しつけられてうんざりってか？　ほら、本当のことを言ってみなよ。おまえって、僕と同じくらいの歳だよね？　どういう理由でこの屋敷の使用人をしているのか知らないけど、少し運命が違っていたらおまえが体を売って暮らしていたかもしれないんだ」

その言葉にハッとして、わずかに視線を上げた。深鷺は冷ややかな目で蓮を見下ろしている。

そして、口元を歪めるようにして意地の悪い笑みを浮かべると、肩に置いた足を持ち上げる。深鷺の白い足の甲が蓮の頬をピタピタと叩《たた》く。それはかりか、つま先で蓮の伸びた前髪を分けて、表情をのぞき込もうとしてきた。

知らぬうちに唇を噛み締めていた蓮は、自分の顔を見られたくない一心で咄嗟に深鷺の足を払いのける。と同時に、心の中の歯止めが外れてしまい、持っていた手ぬぐいを彼に向かって投げつけていた。

男娼に足蹴《あしげ》にされる覚えはないと思ったからじゃない。蓮が恐れたのは、深鷺の言った言葉に怯《おび》えている自分にどうしようもない苛立ちを覚えたからだ。

運命が一つ違っていれば、蓮もまた男娼に身を落としていたかもしれない。それは事実で、両親の死後には自分にもそんな運命が待っていた。思い出したくもない記憶が、蓮を戸惑《とまど》わせ平静さを奪ってしまう。

「何っ？　僕に手ぬぐいを投げつけるなんて、どういうつもり？　やっぱり、馬鹿にしてるんだなっ」

カッと激昂《げきこう》した深鷺はベッドから飛び下りると、たまたま寝室の片隅に置かれていた乗馬用の鞭《むち》を手にする。蓮がしまったと思ったときは遅かった。深鷺は鞭を蓮に向かって力一杯振り下ろしてきた。

避ける間もない。そして、避けたところでどうなるわけでもない。使用人である自分が失態を犯したのだから、客人に責められても仕方のないことだった。

床にうずくまり身を丸めていると、背中や腰や二の腕に容赦なく鞭が飛んでくる。鋭い痛みに悲鳴を上げそうになるが懸命にこらえる。とにかく、今は深鷺の怒りが早くおさまってくれることを祈るしかない。

だが、蓮がひたすら声を抑えているのが気に入らなかったらしい。惨めに詫《わ》びて許しを請わない強情さに、さらに苛立ちを募らせた深鷺はいきなり鞭を捨て去る。そして、蓮の体を蹴り飛ばして仰向けに倒すと、馬乗りになって首を絞めてきた。

「うぐ……っ、うう……っ」

自分と変わらない華奢《きゃしゃ》な体格なのに、彼のどこにこんな力があったのだろう。驚くほど強い力でぐいぐいと首を絞められて、蓮は呼吸さえままならない。やがて、抵抗しようと相手の腕をつかんでいた手に力が入らなくなって、だんだんと意識が遠のいていく。

（このまま死ぬんだろうか……）

だとしたら、なんて虚しい人生だったんだろう。まだ何一つ成し遂げていない。あるいは、何も成すこともないままに死ぬのが運命だったんだろうか。両親のあとをこんな形で追うことになるとは思ってもいなかったけれど、生きていくことに疲れていたのも現実だ。

薄れていく意識の中で諦《あきら》めが蓮の心を支配しようとしたとき、心の奥で強く抗《あらが》う何かがあった。

（いやだっ、まだ死にたくない……っ）

自分がこの世に生まれてきた意味も知らないまま死ぬのは、ひどく悔しい気がする。これまで何度も死にたいと思いながら、どうにか屈辱に耐えてきたのにこんな死に方はやっぱりいやだった。

蓮は渾身《こんしん》の力を振り絞って、首にかかっている深鷺の手を引き離そうとする。だが、深鷺もまた血走った目で蓮を睨《にら》み、親の仇《かたき》でも討つかのようにぐいぐいと両手に力をこめてくる。

もはや気力のぶつかり合いのようになっていたそのときだった。

「何をしているっ」

そんな声がして、二人は同時に声のほうを見た。深鷺の手の力は緩《ゆる》み、蓮は思いっきり空気を吸い込んで激しくむせた。

寝室に入ってきたのは、商館に出かけているはずの御影だった。彼は二人の様子を見て、驚きながらも無言で深鷺の二の腕を取ってベッドに連れ戻す。

「いったい、何があったんだ？　君の望みはすべて叶《かな》えているつもりだが、わたしの使用人を殺《あや》めるような真似はしてもらいたくないね」

御影がいつになく真剣に忠告するのを聞いて、深鷺も大きく肩で息をしたかと思うと少し落ち着きを取り戻したように表情を取り繕《つくろ》う。

「ごめんなさい。でも、僕が朝食を食べていたら、彼がいきなり手ぬぐいを投げつけてきたんだ。男娼なんか屋敷から出て行けってね」

そんなことは一言も言っていない。なのに、深鷺はしらじらしく傷ついた様子で訴えている。御影もそれを聞いて眉間に皺を寄せ、まだ咳《せ》き込んでいる蓮を困ったように見下ろしていた。

愛人の言うことだけを鵜呑《うの》みにするなら、この男はしょせん色恋に浮かれただけの愚か者だ。どんなに商売で大きな成功をおさめていても、いずれは強欲な愛人に足元をすくわれるか、財産のほとんどを吸い取られて哀れな末路を辿《たど》るに違いない。

少なくとも、自分の父親は同じ商人であってもそんな人間ではなかった。武士の出身だった祖父から、ものを売り買いするにも誇りをなくして相手に迎合してはならないと教えられて育った人だ。

だから、父親は大陸で商売を始めたときも、双方が納得のいく利益を得られない売り買いはしないということを信条としていた。その誠実な気持ちゆえに、取引相手から大きな信用を得ることができたのだ。

だが、御影という男がどういう信条を持って、この横浜で商売をしているのか蓮には知る由《よし》もない。

けれど、愛人との情事に溺《おぼ》れ、昼日中に仕事を放り出して帰ってくるような人間なら、その本性はたかが知れている。ましてや、状況を冷静に判断する力のない人間ならそれだけの男だということだ。

蓮は主人であっても、御影に心から忠誠心を抱く者ではない。使用人頭の村上とはあきらかに別の部類に属する人間なのだ。

「おまえ、確か蓮といったね？」

御影は蓮の息がようやく落ち着いたところでたずねた。主人に答えないわけにはいかないが、まだ声が出ない蓮は頷いてみせる。

「ミサギがああ言っているが、本当にそうなのか？」

蓮はけっしてそうではないと首を横に振った。もちろん、深鷺は自分の言葉が正しいと主張する。そんな愛人に「わかっているから」と片手を上げて制しながらも、御影は自分の父の国の言葉で「困ったものだ」と呟いた。それを聞いた蓮は、思わずドイツ語で答えていた。

「Ich lüge nicht（わたしは嘘は言っていない）」

そのとき、御影が驚いたように蓮を見た。そして、今度は英語で訊《き》いてくる。

「Are you sure?」

「Yes, I'm sure」

間髪いれずに蓮が淀《よど》みない英語で答えた。すると、しばし部屋の中で時間が止まった。

「Warum kann Deutsch reden?」

なぜドイツ語が話せるのかと訊かれて、蓮は以前に習ったことがあると答えた。それを聞いて御影の表情がさらに変わった。

「おまえは何者だ？」

その問いかけは日本語だったが、蓮は答えるわけにはいかない。黙って俯いていると、御影がすぐそばにやってくるのがわかった。一瞬、逃げ出したい衝動に駆られたがそれはできない。震えながらじっとしていると、顔を隠すためにたらしている前髪を大きな手のひらですくうようにして持ち上げられた。

ずっと隠していた顔を晒《さら》してしまい、蓮は咄嗟に視線を逸らす。

「ドイツ語や英語が話せるのに、なぜ使用人の真似事をしている？」

真似事じゃない。今の蓮にはこの道しかないからだ。だが、御影以上に今の会話を聞いて驚いていたのは、ベッドの上にいた深鷺だった。彼は頬を引きつらせてじっと蓮の姿を凝視していたが、やがてその表情が悔しそうに歪むのがわかった。

ろくに口もきけない使用人が御影の興味を引いたことに苛立ちを隠せないものの、あからさまに言葉を挟むわけにもいかない。これまで散々虐《しいた》げられた愛人のふりをしてきたのに、自分の理解できない言語で蓮に言い訳をされては下手に芝居もできないと思っているのだろう。

「それに、その髪はどうして……」

前髪を持ち上げていた御影が容貌について言う前に、蓮は素早く身を引いて頭を下げる。

「お騒がせして申し訳ありません。充分にお世話ができずに深鷺様に叱られていただけです。どうか堪忍してやってください」

すべては自分の非だと詫びて、この場を逃れてしまおうと考えていた。これ以上、御影に自分の素性を探られたくはない。蓮には己の過去を隠さなければならない事情があるのだ。

己の過去を消し去るためならば、男娼にひれ伏すくらいなんでもない。事実、これまでもそうやって深鷺の前で辛抱を重ねてきたはずだ。ただ、あの一言が蓮の理性を奪い去っただけ。

『少し運命が違っていたらおまえが体を売って暮らしていたかもしれないんだ』

売ったつもりはなかった。なのに、蓮は深鷺が経験してきた以上に淫らにこの身を汚して生きてきた。深鷺を軽蔑することなどできるわけもない。自分が彼以上に惨めで哀れな人間だったことは自覚している。

そして、あの悪夢の日々から逃げてきた今も、当時の呪縛《じゅばく》から逃れることのできない、「負」の烙印《らくいん》を押された人間なのだ。だから、心のどこかに自尊心が残っていたとしたら、それはすぐにでも捨て去るべきだった。

蓮は鞭で打たれて痛む体を起こし、ゆっくりと部屋を出て行く。

「おい、ちょっと……」

声をかけようとした御影だが、ベッドから手を伸ばした深鷺がさも心細い風情でその胸に飛び込んでいく。それを受けとめた御影は、とりあえず今は愛人の心を慰めてやろうと思ったのか、それ以上蓮を引きとめることはなかった。

廊下に出た蓮が次の仕事の指示をもらいにいこうとしたら、ちょうど廊下の向こうから村上がやってくる。

「ああ、ちょうどよかった。間もなく客人が屋敷にこられる。庭の東屋で午後のお茶をしながら商談をするそうだから、テーブルを整える前にあのあたりを掃除しておいてくれないか」

朝にはいつもどおり商館に出かけた御影が、こんな早い時間に戻ってきたのはこの屋敷で客人を迎えるためだったらしい。

蓮は深鷺に鞭で打たれた傷を村上の目から隠しながら頷くと、言われた仕事をするために中庭へと向かう。体の痛み以上に、自分の軽率な行動を思い返してひどく心が落ち着かない。主に口答えをしてしまうなんて、もっての外《ほか》だった。それも、ドイツ語や英語を使うつもりはなかったのだ。

(このまま忘れてくれるといいけど……)

そう思いながら、蓮は箒《ほうき》を持って東屋のある中庭に出る。今はまだ何ができる自分でもない。じっと辛抱し、懸命に働いて、ときがくるのを待つしかない。けれど、そのときはいつくるのだろう。あてどない時間を自分はこの先も耐えていけるだろうか。

蓮は今度の七月で十八歳になる。いずれは第一高等学校に戻り学問を続けたいという気持ちと、いつの日にか父の失ったものを取り戻したいと願う気持ちがある。なのに、今の自分はあまりにも非力で無力で、頼る人もいない。

目指すべき道は日々曖昧《あいまい》になっていくようで、近頃は不安ばかりが募る。そして、中庭の片隅にある東屋の掃除をしながら、蓮はついさっき死ぬほど締められた首筋に手を回し、暗澹《あんたん》とした溜息を漏らすのだった。

◆◆

来客が御影の仕事に関係している人間だと聞いて、東屋の掃除を終えた蓮は早々に裏に引っ込んで薪割りの仕事を始めた。

御影が屋敷に仕事を持ち込むことは珍しい。普段から仕事は商館でして、屋敷では自分のために時間を使うと割り切っている男なのだ。自分の屋敷にしょっちゅう取引相手を招いては、食事やお茶をともにしていた蓮の父親とはまるで違っている。

屋敷に呼ぶのは深鷺のような男娼や、他にも数人いる愛人かごく親しい友人たちばかりなのに、今日の客はわざわざ屋敷に招くほど重要な取引相手なのだろうか。

そう思ったとき、蓮は少し不安になった。もしかして、この世で絶対に顔を合わせたくない男が姿を現したりしないだろうか。

御影があの男と直接取引をしているという話は耳にしていない。が、東京《とうきょう》で商館を構えているあの男も、横浜に会社の支店を持っていた。東京では知らぬ者がいないほどのやり手の商売人だから、御影ともまんざら縁がないとはかぎらない。

ふとそんな不安が心に過《よぎ》ったのも、深鷺の言葉が引っかかっていたからかもしれない。だが、その日の午後、深鷺が帰っていくのと入れ替わりにやってきたのは、神戸《こうべ》からきた田神《たがみ》という男だった。厨房の使用人が噂をしているのを聞くと、神戸の芦屋《あしや》で古くから造り酒屋を経営している人物だそうだ。

御影との関係はそれぞれの父親の代から続いており、すでに代替わりした今も機会があれば商売上の情報交換をしている仲だという。そして、今回の訪問で、田神は神戸の酒を関東に売り込むにあたり、商売の窓口を御影に頼みにきたらしい。

庭でお茶を飲みながら話しているのを遠目で確認した蓮は、当然ながらあの男とは似ても似つかぬ田神の若い容貌に安堵している。そして、自分がひどく神経質になっていることに苦笑を漏らした。

よしんば、あの男と御影の間で商売上の繋《つな》がりがあったとしても、使用人として屋敷で働いているかぎり見つかることはない。だからこそ、今日の深鷺とのいさかいのようなことは避けなければならないと思っていた。

「昼間は大変だったようだな」

その日の夜、すでに田神が屋敷を引き上げて、御影の夕食も終わり片付けをしているときに村上から声がかかった。厨房の手伝いをしていた蓮が振り返ると、渋い顔の村上が食後のお茶の用意をしながらチラッと首筋を見たのがわかった。

どうやら食事のときに御影から昼間の話を聞いたらしい。本来なら使用人頭として蓮のいたらなさを叱るべきなのだろうが、村上にしても厄介者の世話を押しつけた引け目があるせいか、同情的な態度を示してくれる。

「大丈夫です。わたしがお客様の機嫌を損ねるようなことをしてしまったので……」

いくら意地の悪い真似をされたとしても、手ぬぐいを投げつけるのは使用人としてあるまじき行為だった。だが、お茶の用意をする手を止めることなく村上は暗い表情で言う。

「旦那様のところへお茶を持っていくが、一緒にきてくれないか。その件でおまえにも少したずねたいことがあるとおっしゃっているんでな」

それを聞いて、蓮は内心困ったことになったと思っていた。あのときは深鷺の機嫌を取るのが先とばかり、蓮のことは捨てておいてくれた。が、やっぱり素性をはっきりさせようと思っているのかもしれない。どうやってごまかそうかと考えて蓮が暗い表情で考えていると、村上が慰めるように言う。

「心配しなくていい。雇うときには、歳も若いし辛抱がきくのか案じてはいたけれど、おまえの働きぶりはこの数ヶ月でよくわかった。できるだけ穏便にすませてもらえるよう、わたしも頼んでみるから。それに、あのタチの悪そうな男娼に入れあげている旦那様には、今夜こそ一言言わせてもらおうと思っているんでね」

いくら使用人頭で、この屋敷に勤めて長いといっても、主人に意見をするのはそれなりの覚悟が必要なことだろう。だが、村上は蓮のためというより、御影自身がこれ以上つまらない男娼と遊んでいないで、きちんと身を固めることを望んでいるからこそ、言わずにはいられなくなっているのだ。

御影の食後のお茶の用意を整えた村上が居間に向かうのにつき従った蓮は、いつも以上に前髪をたらして顔を見られないようにしていた。

食堂から居間に移動して、ゆったりとしたベルベット張りのソファに座り、異国の新聞を広げて読んでいる御影は、村上が慣れた手つきで淹《い》れた紅茶のカップを片手で受け取る。いつも砂糖や牛乳など入れずに飲むので、ソーサーにスプーンは添えられていない。

「旦那様……」

村上がまずはそう声をかけた途端、御影はさっとカップを持っていないほうの手を上げて彼の言葉を制する。

「言いたいことはわかっているよ。だがね、ミサギのことでとやかく言うのは勘弁してくれ。それに、わたしはまだ身を固めるつもりはないから。というか、結婚などする気はないんだ。わたしは父と同じで、そもそも家庭向きの人間じゃない」

御影はさも面倒くさそうにそう言うと、紅茶を一口飲んだ。村上は言いたいことも言えないうちに、まったく意にそぐわないことを宣言されて苦虫を噛み潰したような表情になっていた。

それでも、気丈に自分を奮い立たせると言う。

「しかし、大旦那様はちゃんとご結婚されて、旦那様という跡継ぎをお育てになりました。御影の家に相応しい令嬢は少なからずいるというのに、何が不満なのですか？　いつまでもあんな男娼を屋敷に呼んで遊ばれていては、世間からなんと言われるか……」

「世間などどうでもいい。それに、父について言うなら、結婚できたのは運がよかっただけだ。この極東の地で、偶然母親という唯一の女性に巡り合えたんだからな。だが、わたしにはそんな運命が待っているとも思えない。だったら、せめてもの心の慰みとして、好みの男娼と遊ぶくらいいいじゃないか」

「あまり趣味がよろしいとは思えませんがね」

村上にしてはずいぶんと思い切って嫌味を言ったつもりなのだろう。だが、御影は苦笑を漏らしながら、紳士らしからぬことを口にする。

「まぁ、まったく問題がないとは思っていないが、あれで体のほうはとてもよいのでね」

「旦那様っ」

村上がまた目くじらを立てて何かを言おうとしたので、御影は慌ててソファから立ち上がり広い居間の窓辺に向かう。そして、屋敷から漏れる明かりで照らされた暗い庭を見ていたかと思うと、クルリと体を返してまた紅茶を一口飲み言った。

「それより、昼間のことだが……」

扉のそばに控えていた蓮がピクリと緊張に体を震わせる。村上は約束したとおり、蓮を庇うように自ら頭を下げた。

「あれは、本人もいたらなかったと認めています。そもそも、お客様のお世話をこの子にまかせてしまったのが間違いでした。なので、深鷺様のことはわたしの責任でもあります。ですから、わたしからも重々お詫びいたします。どうかこれ以上のお叱りは勘弁してやってもらえませんか。お願いいたします」

蓮も一緒に頭を下げていたが、御影はそうじゃないと小さく首を横に振る。

「それはいいんだ。どうせミサギがわがままを言ったんだろう。彼の性格に裏表があることはわかっているさ。それより、問題はその子のことだ」

そう言うと、顎《あご》を軽くしゃくって蓮を指す。

「蓮の……、いや、市川《いちかわ》のことですか？　この者が何か？」

村上の表情が曇り、御影が蓮に暇を出すつもりなのかと案じてくれているようだった。

「この子はまだ慣れないところはありますが、よく働いてくれています。それに、この若さで身寄りがなく、頼る親戚筋もすでに途絶えていると聞いています。ですから、わたしからもお願いします。どうかあまり厳しいことは……」

「心配しなくていいよ。べつに暇を取らせようなどとは思っていない。ただ、ちょっと知りたいことがあってね。というわけで、少しこの子と二人だけにしてもらえないか？」

そう言うと、御影は村上に下がるように言い、蓮だけが居間に残された。心配そうに部屋を出て行く村上を見送ったが、彼の援護がないと思うと急に心細くなる。それでも、自分の蒔《ま》いた種は自分で始末するしかないのだ。

扉のそばでじっとしている蓮は、視線を伏せたまま部屋の中を見るともなく見渡した。広い洋館の中でもとりわけ居心地のよいこの部屋は天井が高く、落ち着いた英国調の家具や調度品で溢《あふ》れ、マントルピースの上には常に花が飾られている。

すでに人手に渡ってしまった市川の屋敷にも、ここに似た来客用のリビングがあった。ステンドグラスをふんだんにはめ込んだ窓は特に母親のお気に入りで、明るい日差しが満ちた部屋に置かれたピアノを弾くのが蓮の日課だった。

だが、今の自分の手はピアノの鍵盤を叩いていた頃とは違う。水仕事や薪割りですっかり荒れてざらつく指には、暖かい季節になってもあかぎれができている。

「さてと、何からたずねようか？」

御影は紅茶のカップをテーブルに置くと、蓮のほうを見ることもなくそう呟いた。蓮は自分の荒れた手を見つめながらじっと俯いている。

「蓮というのは本名なのか？」

それが最初の質問だった。ハッとしたが、少し顔を上げた蓮は小さく頷いた。村上の面接を受けたとき身分や素性は隠したが、名前だけは変えようと思わなかった。名前を捨てることは自分を捨てることであり、父や母の存在を否定することのような気がしたからだ。

自分は自分であって、他の誰でもない。そんななけなしの意地があったから、ずっと本名を使っている。それに、一年も前に没落した市川家の存在は世間では忘れ去られつつあったし、どこからともなく流れてきたみすぼらしい少年をかつての豪商の息子などと考える者はいないと思ったのだ。

だが、御影がいきなり名前から訊いてきたことに、蓮は微かな不安を覚える。生前の父はこの男と関係があっただろうか？　父親は中国やロシアを中心に貿易をしていたし、御影はヨーロッパとの取引を主な仕事にしている。名前くらいは知っていたかもしれないが、あまり深いつき合いはなかったと思うのだ。

「市川は、わたしの本名です」

蓮は予期せぬ質問にわずかに動揺しながらも、はっきりとそう答えた。

「ドイツ語と英語ができるようだな。習っていたというのはいつ、どこでかな？」

きっと訊かれると思っていたので、その答えはここにくるまでに考えていた。

「以前に働いていたところには異国のお客様の出入りがあったので、そこで挨拶程度の言葉は教わりました」

「挨拶程度ねぇ……」

その口調は蓮の言葉を信じていないふうだったので、それはどこだと問い詰められたら適当な大店《おおだな》の名前を言うつもりだった。ところが、御影はそんなことはどうでもいいとばかり、次々と質問を変える。

「この屋敷にきたのは、誰の紹介だったかな？」

「出入りの骨董業者の曽根原《そねはら》様のところで働いている……」

「そういえば、あの骨董屋も近頃顔を出さないな」

すべてを言う前に御影は呟く。曽根原という骨董屋は確かにいるが、蓮を紹介したのはまったく別の人物だ。同じ出入りの業者でも裏口からしか顔を出さない八百屋の二代目が、蓮をこの屋敷に連れてきて、雇ってやってくれと村上に直訴してくれたのだ。

最初は村上も、どこの馬の骨ともわからない未成年を雇うことを渋っていた。だが、第一高等学校をやめるときに何かの役に立てるといいとドイツからきた教授に書いてもらっていた紹介状を見せると、異国の言葉が話せるかと訊かれた。蓮が英語とドイツ語ならできると答えると、少し考えてから主がドイツの血を引く人だから、何かの役に立つこともあるだろうと雇ってくれたのだ。

だが、この数ヶ月は下働きばかりで、最初に挨拶をしたとき以外、直接主人の御影と顔を合わせるようなことは滅多になかった。なので、まさかこんな形であれこれ問い詰められるとは思ってもいなかった。

さっきから訊かれるままに答えてはいるけれど、御影が本当に納得しているのかどうか怪しい感じだ。それでも、蓮はシラを切り通すしかない。

「それにしても……」

御影は手元の新聞に戻していた視線をチラッとこちらに向ける。今度は何を問われるのか案じながらも、動揺を見せないようにと懸命に己を落ち着かせていた。ところが、御影は唐突に蓮の素性には興味を失ったように、まったく別のことを口にした。

「その鬱陶しい髪はどういうことだ？　村上は身だしなみについて、少しは注意をしなかったのかな。それとも……」

言葉を一度止めると、新聞をテーブルに置いて立ち上がった。そして、部屋の入り口でじっと俯いて立っている蓮のそばまでやってくる。咄嗟に今まで以上に深く頭を下げた蓮の視線に、御影の黒い革靴の先が映った。

（え……っ？）

思いのほかすぐそばにいることに驚いてハッとした瞬間、蓮の顎に御影の手がかかり、ぐいっと力強く顔を持ち上げられた。と同時に、顔を隠していた前髪がハラリと分かれて左右に流れる。

「この美しい顔を隠しているのは、わざとなのか？」

御影の強い視線がじっと自分を見下ろしていて、蓮は今度こそ心の中で「しまった」と呟い

ていた。だが、御影はそんな蓮の胸の内さえ読んだかのように笑う。

「今、しまったと思っているんだろう。そういう顔をしている。無理もない。その顔は隠していて正解だ」

やっぱり、この男は市川の名前で蓮の正体に気づいてしまったのだろうか。一瞬青ざめたが、案じていたこととは違い御影は思わぬ言葉を口にする。

「こんな顔だと知っていたなら、ミサギなど呼んで遊ぶ必要もなかったじゃないか」

「え……っ?」

何を言っているんだろうと思ったが、すぐにいやな予感がして蓮は身を引こうとした。苦く辛い経験が脳裏に蘇《よみがえ》りそうな気がして、途端に呼吸が早くなり胸が苦しくなる。そんな蓮の変化を好奇の目で見ていた御影が言う。

「村上が性悪の男娼と遊ぶのを嫌うんだよ。あれは父親の代から勤めているから、何かと口うるさくてね。だが、おまえを雇ったのは村上だ。自分の雇った使用人となら文句を言いたくても言いにくいだろう」

その言葉の意味するところをしばし考えて、蓮はさらに身を引いて扉のところまで逃げようとしたが、その道は簡単に塞《ふさ》がれてしまう。御影が扉に手をつくと、内側に引いて開ける扉はもはやピクリとも動かなくなる。

それでもノブに手をかけようとした蓮の肩に手が置かれた。ビクッと体が硬直して、ゆっくりと振り返る。

「下がっていいとは言っていないぞ」

とぼけたふりや興味のない様子を見せながらも穏やかな態度と口調だった御影が、急に厳しい表情になっていた。怯える気持ちを隠しきれず、蓮は首を横に振ってみせる。

「だ、旦那様、堪忍してください。わたしは……」

そういう人間じゃないと言いたい。けれど、下働きの身分で主人に逆らうこともできない。

「怖がらなくてもいい。日本では珍しくもない習慣じゃないのか。一国一城の主が気に入った家来に伽《とぎ》を命じてきたんだろう」

いつの時代の話だと言いたいが、四半世紀ほど前には現実にあったことだ。つい先頃の明治でも男色の趣味が珍しくないのは事実だが、それと今の蓮の立場を一緒にされたくはない。

「無理です。そんなことはできません。深鷺様には許していただけるまで詫びますから、どうか堪忍してやってください」

蓮は搾《しぼ》り出すような声でそう言った。だが、御影は蓮の体を扉に押しつける格好で笑い声を漏らす。

「ミサギのことはもういい。あの子のことはよくわかっているつもりだ。わたしのいないところでは、さぞかし勝手気ままをして屋敷の者を困らせていたんだろう。ただ、貧しい家に生まれて、親兄弟のために身を売って生きてきた子だからね。身の上を思うと哀れで、ついつい甘やかしてしまった」

その言葉に蓮がハッとしたように振り返る。見た目のいい男娼とただ遊んでいただけでなく、そんなことを考えていたとは思いもしなかった。金持ちの気ままな遊びと思っていたから反発も感じたが、村上に小言を言われながらも御影は深鷺のいいパトロンだったのだろう。

「それでも、深鷺様とわたしは違います……」

「そうかな？　歳の頃ならほぼ同じだろう。それに、おまえも何か事情がありそうだ。英語やドイツ語を話せて、わたしの書斎で本を盗み読みしているような人間が、そもそも生まれついての使用人でもあるまい」

掃除する振りをして、書斎で本を読んでいるのは村上にも秘密にしていたことだ。だが、御影はちゃんと気づいていたらしい。蓮がまた驚いたように目を見開くと、御影はいよいよ楽しそうな顔になって言う。

「最初は挿絵でも見ているのかと思ったが、こよりを挟んでいるのならちゃんと読んでいるということだろう。どうだ？『オネーギン』はおもしろいか？　わたしは鼻持ちならない主人公が好きじゃないが、ある部分では気持ちがわからないでもない。自分に似た男だと思うといささか複雑な気分になったよ」

その言葉に蓮は一言も返すことができなかった。商売の才能は異国人の父親から引き継いだものの、同時に享楽的な血を持つ人間だと思い込み、御影という男を心のどこかで見くびっていたような気がする。

　深鷺ではなくて、彼こそが深い二面性を持つ人間だったのかもしれない。そして、それに今頃気づいた蓮のほうこそ短絡的な洞察力しか持たない、愚か者だったということだ。

「わ、わかりません。なんのことをおっしゃっているのか、わたしには……」

「あくまでもシラを切るつもりなのか？　なるほど。だったら、嘘つきには罰を与えなければならないな。それに、勝手に書斎でわたしの本を読んで仕事をサボったことも叱らなければならない。村上にはおまえに暇を出したりしないと約束してしまった。だったら、他にどんな罰があると思う？」

「どんな罰でも受けますから、どうかそれだけは勘弁してください。わたしなど深鷺様と違ってそのことについては何も知りません。きっと旦那様もがっかりされますでしょう。それに、こんな使用人ごときを相手にされるのは御影家の主として……」

「くだらないな。御影の家などどうでもいい。わたしはわたしで、名前などなんの意味もない」

「な、何を……っ？」

　己の家も名前もどうでもいいというのは、どういう意味なのだろう。蓮にしてみれば、「市川」という家と名前はとても大切なものだったし、できることならいつの日か再建したいと願っている。なのに、御影は父親から受け継いだものなどどうでもいいと言いきったのだ。

生まれたときから恵まれた環境にいて、そこで育った者は「足りない」ことの不自由さを知らず、いっそそれを経験してみたいなどと傲慢なことを口にする。だが、蓮が思っていた以上に鋭い感覚を持っている御影が、そんな考えを心の中に抱えているとは思えなかった。

「わたしが異国の血を引いているのは、自分が望んだことじゃない。それでも、そのことで背負ってきたものもあれば、そのことを利用して生きてきたのも事実だ。この歳になって考えてみれば、得たものと失ったものはほとんど同じだと気がついた。すなわち、足し引きゼロだ。だったら、どこの誰として生まれてきても同じで、名前や家柄に意味などないと思うようになったわけだよ」

「でも、それは……」

「もちろん、父親が築いたものがあったからこそ、今の自分は商売ができている。それは事実だ。だが、いつの世も勝ち残る人間がいる。たとえ一握りであったとしてもね。その一握りに入るか否かは己の力だ。名前など関係ない。『御影』の名前など明日には消えてなくなっても、わたしという人間は生き残る。つまりは、そういうことだ」

御影の言葉を聞きながら、蓮は少なからず衝撃を受けていた。

（自分は自分、名前などどうでもいい……。そして、生き残る……？）

市川の家を失って世を儚《はかな》み、厳しい現実を彷徨《さまよ》ってきた蓮にしてみれば、容易には理解しがたい言葉だった。それに、思いがけない言葉を口にしている御影だが、なぜ使用人でしかない蓮に向かってそんなことを話して聞かせるのだろう。

商売以外では腹に隠しごとをする人間ではないように思っていたが、何か含むものがあるのだろうか。そんなことを考えていると、蓮の肩にかかっていた手に力がこもるのがわかった。

「くだらない話はもういい。それより、今夜はミサギがいなくても退屈しないですみそうだ」

そう言った御影は、蓮の肩をつかんだまま扉を自らの手で開いた。もちろん、蓮を解放してくれるわけじゃない。そのまま屋敷の二階の寝室まで引きずられるようにして歩く蓮だったが、御影は思いつくままに昨今の街のことなどを語っていた。

近頃街中ではセーラー服に合わせて短く髪を切った女学生を見かけるとか、東京に行けばおもしろい娼館があるとか、蓮にはまったく興味のないことばかりだった。それでも、御影の声がやや低く落ち着いた物言いなので、どうでもいいことでさえふと耳を傾けそうになってしまうのだ。そして、気がつけば御影の寝室へ入るようにと促《うなが》されている。

「さぁ、おいで。わたしの客人を怒らせた償いに、その体で楽しませてもらおうか」

いくら主とはいえ、言っていることは充分に無体だ。なのに、彼の言葉には微塵《みじん》の罪悪感もないし、その態度はあまりにも堂々としたものだった。持っている者特有の不遜な振る舞いに苛立ちを感じているのに、どういうわけか文句を言わせないだけの何かが御影にはある。

（いっそ、泣いて喚《わめ》いて懇願できればいいのに……）

この身に背負っている業の深さなど知る由もない御影は、蓮を部屋に押し込んでしまうとそのままベッドまで連れて行く。昨夜は深鷺を抱いて一緒に眠っていたベッドだ。今朝シーツを替えたのも蓮だった。そのベッドで今夜は自分が抱かれるなんて思ってもみなかった。

ここまできても、まだなんとか逃げる方法はないかと懸命に考えていた。だが、御影はまた蓮の心の中を読んで笑う。

「どうにかして逃れる術はないかと思案しているようだが、はっきり言っておこう。無駄だ。わたしはほしいものは必ず手に入れる」

その言葉に身を硬くした蓮は、これまでとは比較にならないほど強い力で一気にベッドに突き飛ばされた。ベッドに突っ伏してからすぐに振り返って御影の顔を見たとき、その冷たく見下ろす視線に主従関係にある現実からはどうしても逃れることはできないのだと悟った。

(で、でも……、いやだ……)

蓮は唇を噛み締めて、強く拳を握り締める。

「服を脱ぎなさい。下着も全部取って、裸になるんだ」

小さく首を横に振った。

「命令だ。早くやりなさい」

「い、いやです……」

そんな言葉を言える立場ではないとわかっていながら、口にしてしまう。無駄とわかっていながら、あくまで拒《こば》もうとする蓮を見て、御影は半ば呆れたように溜息を漏らす。

「おまえはミサギより頭はよさそうだが、あの子が簡単にできることもできないのか？　どうしても抗うなら、わたしはおまえを縛ってでも抱くよ。優しく慈悲深い主だと思われようなどとは、微塵も考えていないのでね」

御影の表情は恐ろしげなものではなかったが、支配する人間の揺るぎない意思が見てとれる。そして、彼の発した言葉の中には蓮がどんなに気丈に振る舞おうとしても、心を挫《くじ》けさせるものがあった。

（い、いやだっ、縛られるのはいや……っ）

震える唇を今一度噛み締めると、蓮はベッドの上でシャツのボタンに手をかける。ゆっくりと一つずつ外して前を開いたところで、御影がいきなり手を伸ばして蓮の胸元に触れてきた。白いメリヤスの肌着の上からだが、乳首のところに指先を押しつけるようにされてたまらず身を引いた。

それが合図になったかのように、御影自身もベッドに乗って蓮の体を強引に押さえ込むと、自分のシャツの胸元を開いていく。

「さぁ、楽しませてもらおうか。退屈な夜は嫌いでね」

本当なら今夜も使用人部屋の硬いベッドに、一日の労働で疲れた身を横たえているはずだった。父が逝《ゆ》き、母が逝ってからというもの、蓮には退屈な夜などなかった。それでも、この屋敷で働くようになり、悪夢にうなされることはあっても、現実にこの体が悲鳴を上げるようなことはなかったのだ。

ほんの一年ほど前、世間知らずで甘えた考えが己を絶望の淵に追い込んだ。ここにきてからは慎重に振る舞ってきたつもりなのに、気づかぬうちに募っていた焦りと苛立ちが己の破滅を招いてしまった。

御影は退屈な夜が嫌いらしい。けれど、今の蓮にしてみれば退屈な夜こそ心から望んでいるものだった。


「い、いやぁ……っ」

自分が整えたベッドの上で、蓮は懸命にシーツを握り締めて声を絞り出す。裸になれと命令されて、従わざるを得なかった体は、さっきから御影の手でいいように嬲《なぶ》られている。触れられたくない場所に触れられる。声は殺すなと言いつけられて、淫らな格好を強要される。蓮がためらえば、わざと感情を煽《あお》るように「ミサギでもできたことだ」と言い、それでも躊躇していると「縛ってほしいのか」と脅すのだ。

深鷺とこんなことで比べられるのは心外とはいえ、それくらいならまだ辛抱できる。けれど、縛られるかもしれないと思うと蓮の体は竦《すく》む。脳裏におぞましい記憶が蘇り、それだけは勘弁してほしいと心が負ける。

大きく足を開かれて膝裏を持ち上げられると、蓮の股間は御影の視線に晒された。さんざん弄《いじ》られて勃起しているそこを揶揄《やゆ》するように鼻で笑う声が聞こえる。

「主人がここまで愛でてやっているんだ。感じているならいい声を出してみろ。ミサギほどうまくできなくても、少しくらい淫らに甘えてみたらどうだ?」

夜な夜な男娼と遊んでいる御影は、男との性交に慣れている。蓮の体は簡単に翻弄されてしまいそうになっていたが、それでも歯を喰いしばり耐えていた。

(知られるわけにはいかない。絶対に……)

そう何度も自分に言い聞かせて、羞恥と屈辱を苦痛の表情に変えて声を殺し続ける。そんな頑なな蓮の態度を見ていて、御影も業を煮やしたように股間への愛撫をやめた。

「強情だな。まぁ、いい。それなら、おまえにやってもらうことにしよう」

そう言ってベッドの上に両足が下ろされるなり体を丸めた蓮だが、御影は休むことなど許してくれなかった。伸びた前髪をつかむと、蓮の顔を自分の股間へと持っていく。もちろん、やらされることはわかっていたが、蓮はしらばっくれるように奇妙な顔で御影を見上げた。

「わかっているだろう」

「わ、わかりません……」

すると、また御影の口から呆れたような溜息が漏れた。そして、このときばかりは主人としてのきつい言葉が投げつけられた。

「そういう態度でいると、自分の首を絞めることになるぞ。言っただろう。わたしは慈悲深い主人じゃない。逆らう者にまで寛容でいるつもりはないからな。さぁ、やるべきことをやるんだ。その口でね」

口での奉仕を強いる御影の股間はわずかに勃《た》ち上がっている。だが、その状態ですら充分すぎるほど大きくて、口に含むのは容易ではないと思う。それでも、これ以上拒むことはできない。口調はあくまでも柔らかいが、主人である御影の命令は絶対で、けっして口先だけで冷酷になれると脅しているわけではないのだ。

意を決して唇を大きく開き、差し出した舌の上に彼のものをのせると、ゆっくりと口腔《こうこう》へと送り込む。うまくやるわけにはいかない。けれど、下手すぎてもまた御影に不満を抱かせてしまうことになる。

とにかく、こうなってしまったかぎりは早く終わってくれと願うだけだ。そのためには、御影を満足させるしかない。口で果ててそれで解放してくれないだろうか。そんな一縷《いちる》の望みを持って、蓮は舌と唇を懸命に使う。

「なかなかうまいじゃないか。ドイツ語や英語のように、これもどこかで習ったのかな?」

そう言われた途端、蓮は小さく歯を立てる。

「う……っ」

御影は小さく呻《うめ》くと、蓮の髪を引っ張って口から自分自身を引き抜いた。そして、本当に申し訳なさそうな顔で詫びの言葉を口にする連をじっと見下ろす。

下手な芝居かもしれないが、そうしなければならないのだ。物事の呑み込みは悪くないが、慣れているわけではない。そう思ってくれればいい。だが、御影は何も言わずに蓮の体をまたベッドに押し倒した。企みがうまくいかず怒らせてしまったと一瞬焦ったが、見れば御影はなぜか笑みを浮かべている。

「おまえの強情さは、筋金入りだな。だが、それもおもしろい。こんなふうに楽しませてもらえるとは思わなかったが、とりあえず今夜は終わらせることにしよう。明日は午前中に東京へ行かなければならないんでね」

何か引っかかるもの言いではあったが、それでもこれで終わったのだと安堵の吐息を漏らしたときだった。御影の手で体が返される。うつ伏せにされた蓮の後ろの窄《すぼ》まりにひんやりとした液体が落とされて、すぐさま微塵の躊躇もなく御影の指が入ってきた。

「ううーっ、くぅ……っ。そ、そこは……っ」

「ここで楽しむことくらいわかっているだろう。終わらせてやると言っているんだ。もう少し辛抱しろ」

口の奉仕だけで終わると思った自分が馬鹿だった。そんなわけはなくて、まだ遊び足りないが明日のこともあるのでさっさと後ろに入れて終わらせてやるという意味だったのだ。

「どうした？　後ろは使ったことがないのか？　口でうまくやれるのは経験があるからかと思ったが、そうでもないということか？　まったく、奇妙な奴だな。利口なのか馬鹿なのか、器用なのか不器用なのかよくわからない。おまけに、体までつかみどころがないじゃないか」

ここまで芝居もしたし、しらばっくれたりもした。けれど、後ろは本当に痛い。慣れていないというより、この一年ほど後ろを開かれることがなかったから。固く閉ざされたそこを、御影の指は容赦なくほぐして中に潜り込んでくる。

「ひぃ……っ、うぁぁ……っ」

このときばかりは芝居でなく、苦痛の呻き声が漏れた。だが、それだけで終わるわけもない。指がやっと引き抜かれたかと思うと、今度は御影自身が蓮の体の中に入ってくる。

「ああーっ、あっ、んん……っ」

うつ伏せた格好のままかろうじて自由になる両手でシーツをかきむしり、下半身は痛みから逃れるため無意識のうちに腰を浮かせて膝をつこうとしていた。もちろん、それを御影が許すわけもない。暴れる蓮を力で押さえ込んでくるのかと思ったが、そうじゃなかった。

御影は少し浮いた腰の隙間に片手をすべり込ませて、蓮の縮み上がった股間を握り締めてきた。そこをゆるゆると擦ると、先端を親指の腹で撫でる。巧みな愛撫にまたそこが張り詰めていくのを感じて、蓮は思わず抵抗を忘れ甘い吐息を漏らしてしまった。

「いい声だ。そういう声がもっと聞きたい」

御影に言われて、ハッとしたように口を閉じる。そして、ことが終わるまでひたすら唇を噛み締めていた。御影ももはや蓮の強情さを叱ることも揶揄することもなかった。己の快感を得るために、激しく蓮の中を突いてくる。同時に蓮の股間も擦られて、前と後ろに同じような熱が込み上げてくる。それは痛みだけではなくて、体を溶かすような熱だった。

「あう……っ、い、いやだっ、も、もう……っ」

蓮が閉じていた口を開いてそう言った瞬間、股間が弾けて御影の手を濡らしてしまう。ほぼ同時に、体の中に濡れたものが強く打ちつけられる。御影が果てたのだとわかり、ひどく情けない気分で涙がこぼれそうになっていた。

ようやく終わったと思う気持ちと、どうしてこんなことになってしまったのだろうという気持ちが交錯している。あの辛く惨めな場所からやっと逃げ出してきたのに、またこんなことになるなんてどうしたらいいのだろう。

もうここにいるのも無理かもしれない。蓮がそう思ったとき、隣に身を横たえてきた御影が言った。

「その髪、明日には切るように。それから、わたしの身の回りの世話は今後おまえにやってもらうことにしよう。村上には伝えておくから心配するな」

「そ、そんな……」

罰という名目で、深鷺の代わりを一晩だけ務めさせられたのだと思っていた。だが、どうやら御影はそれですますつもりはなかったらしい。

「旦那様のお世話など無理です。わたしのようなものがそばにいたら、きっとご迷惑になるだけですから」

蓮はそう言って、なんとか御影の気持ちが変わらないかと願った。だが、彼の決意はまったく揺らぐことはなく、快楽のあとの怠惰な笑みとともに言う。

「迷惑かどうかはわたしが様子を見て決める。それに、わたしのそばで仕事をするなら、空いた時間に書斎の本を読むことくらいは許可してやろう。『オネーギン』の続きが読みたいだろう。他にも、わたしの蔵書の中には新しい翻訳本がたくさんあるぞ」

それは魅力的な話だった。だが、体と引き換えにすることとは思えなかった。蓮はすっかり疲れ果てた体を持て余しながらも起き上がる。使用人が主人のベッドでいつまでも横になっているわけにはいかない。だが、そんな蓮を御影が止める。

「今夜はここで眠っていけばいい」

「そんなことはできません。村上さんに叱られてしまいます」

「わたしがいいと言っているんだ。おまえの主人は誰だ?」

それを言われると返す言葉がなくなる。けれど、この体を汚した男のそばでなど眠りたくない。蓮がベッドを下りようとすると、御影はまた呆れた顔になり背後から体を抱き寄せてくる。

「おまえのように言うことをきかない使用人は知らないな。まったく、どうしたものかな」

「だったら、暇を出してください」

背中から抱き締められたまま言った。もうこんなことを繰り返すのは勘弁してほしい。それくらいなら、別の仕事を探したほうがましだと本気で思っていた。そんな態度を生意気だと思ったのか、御影は自らベッドを下りると、途中で村上に用意させていた陶器の湯桶のところへ行き、手ぬぐいを手にして戻ってくる。

そして、蓮の体をまたうつ伏せにしてしまうと、腰だけ持ち上げろと命令する。

「な、何をするつもりですかっ?」

「主人自ら後始末をしてやろうというんだ。ありがたく思って、素直に腰を上げろ」

「い、いやです。自分で部屋に戻ってしまますから」

蓮は伸びてくる御影の手から逃れようとするが、痛む体では素早く動くことができなかった。簡単につかまってしまうと押さえ込まれて、腰を力まかせに持ち上げられる。その瞬間、後ろの窄まりから御影の放ったものがどろりとこぼれ落ちる。

「あ……っ」

「一緒に眠るのに、わたしのベッドを汚されては困るからな」

「勘弁してください。部屋に帰してください。お願いします。も、もう、いやだ……っ」

今度こそ羞恥に耐え切れなくなって泣き出した蓮だが、御影はまったく取り合う気はないとばかり強引に始末をしてしまう。手ぬぐいで尻をきれいに拭われて、蓮が惨めさで体を丸めて両手で自分を抱き締めていると、御影がベッドに戻ってきてまた背中から両手を回してくる。

「泣くほど辛かったのか？」

もう答える気力もなかった。ただ、声を殺して泣きながら震えているしかない。辛いというより、悔しいだけだ。そんな蓮に御影は同情するでもなく、ただ一言だけ告げる。

「いいか、おまえのことは俺がすべて決める。わかったら、今夜は眠れ」

冗談じゃないと思ったが、もう体は鉛のように重くて動けなかった。ぴったりと寄せられた御影の胸の温もりを感じているうちに、蓮もまた睡魔を覚える。いやだと思う気持ちと裏腹に、耳元に届く規則正しい寝息が蓮を深い闇へと誘っていくのだった。

◆◆

「無理です。どうか勘弁してください」

「そうは言っても、旦那様の命令だ。とにかく、まずは床屋に行ってきなさい。旦那様が戻るまでに、身なりをそれなりに整えておくように」

昨夜、ベッドで御影《みかげ》が言った言葉は、戯言《ざれごと》ではなかったらしい。蓮《れん》は今一度村上《むらかみ》に向かって

「自分には荷が重すぎる」と告げた。村上もまさか御影が自分の責任で雇った使用人に手を出すとは思っていなかったのか、ひどく複雑な表情になっている。だが、主《あるじ》の言葉に逆らうことはできないのだ。

それに、深鷺《みさぎ》が屋敷に出入りするよりは、蓮が相手ならば世間にごまかしがきくと考えたようだ。蓮はなんとか村上から説得してもらえないかと喰い下がったが、結局は髪を切るための金を渡されてしまった。

仕方なくその金を持って屋敷を出たが、床屋へ向かう途中このまま逃げてしまおうかと考えた。でも、それでは小銭とはいえ持ち逃げしたことになる。いくら身を落としても、そういう真似をするわけにはいかない。それに、御影の屋敷の使用人部屋には、自分の身の回りの品が置きっぱなしだ。たいしたものはなくても、両親の思い出の品があるので捨てていくわけにはいかなかった。

塞《ふさ》ぎ込んだ気持ちのまま散髪を終えて屋敷に戻ると、顔を合わせる人たちが一様に驚いたような顔をしてから、蓮だと気づきハッとする。前髪を短くして襟足を整えると、以前の自分に戻る。まったく同じというわけではなく、少しだけ大人になり世間の厳しさを知って、鏡に映る目にはどこか暗いかげりが宿っていた。

美しかった母親に似た容貌《ようぼう》は男としては軟弱な気もして、第一高等学校に入る以前にはいささか不満もあった。けれど、年齢を重ねていくうち、この容貌のおかげで周囲から気にかけてもらい、親切にしてもらうことも多々あることに気がついた。

父親には強い人間になれと言われて育った。だから、人に甘えるような真似を快しとは思わなかった。けれど、母親には人に愛される人間になりなさいと言われて育った。だから、人から優しく接してもらうことをあえて突っぱねるような真似もしなかった。

けれど、両親が亡くなってからそんな自分の考え方が落とし穴となって、蓮はこの世の地獄を見た。今は人の好意を容易に信じる気持ちは薄れ、警戒心を強くして生きてきたのに、結局はまた同じようなしくじりをしてしまったのかもしれない。

自分に与えられている質素な使用人部屋に戻ると、ベッドの上には白いシャツと麻のズボンと上着にタイが添えられて置かれていた。洋装屋に注文を出して届けさせていたらしい。髪を切ってきた蓮はそれに着替える。

昨日までは屋敷の外回りや裏での仕事だったから身なりを構う必要はなかったが、御影のそばで仕事をするなら、上着も身につけなければならないということだ。

蓮が着替えを終えると、村上がきて声をかける。

「旦那様がお戻りになる前に、教えておくことがあるから一緒にきなさい」

そう言われてついていくと、給仕の作法や着替えの手伝いの仕方、御影がよく使うものをしまっている場所などを教えられた。作法については知識としてあるものの、以前は給仕される側であったので、自分が給仕をするとなるといくらか練習は必要だった。着替えの手伝いやものの整え方も屋敷ごとのしきたりや決まりがある。

それらをひととおり説明すると、村上は蓮の呑《の》み込みの早さに感心したものの、最後に一言つけ加えるのも忘れなかった。

「旦那様の寵愛《ちょうあい》を受けたからといって、くれぐれも己の立場を忘れることのないように。あの男娼とは違うのだから、分をわきまえて仕事に励みなさい」

黙って頷《うなず》いたものの、正直寵愛など望んでいない。それに昨夜の行為も単なる罰か、あるいは御影の憂さ晴らしとしか思えなかった。こうしてそばで仕えさせるのも、近頃とみに結婚のことで口うるさい村上を遠ざけておきたいだけのような気もした。

その日の夕刻になって、列車で東京《とうきょう》から戻ってきた御影は何か大きな商売がうまくいったのか、上機嫌で食事中もワインをよく飲んでいた。蓮は黙々と料理の皿を運び、グラスにワインをそそぐ。

「今日、わたしが東京へ出かけたのは知っているだろう」

御影が唐突に蓮に話しかけてきた。そのことは昨晩聞かされていたので頷いた。御影はチラッと蓮の顔を見てからドイツの白ワインを一口飲み、スズキのムニエルにナイフを入れる。スズキの季節にはまだ少し早いはずだが、厨房《ちゅうぼう》をあずかる料理人が魚河岸《うおがし》でいいものを手に入れてきたらしい。

「東京帝国大学へ出かけてきたんだよ。ドイツからきている医学部の教授に会いにね。シュタイナー博士といって、来日して十数年になる。彼はとても親日家で、日本の医学界のためならこの国に骨を埋めてもかまわないと思っている人だ」

なぜ御影が蓮にそんな話をするのかわからないが、シュタイナーのことなら知っている。実は、蓮も第一高等学校にいたとき彼からドイツ語の授業を受けているのだ。そればかりか、蓮が学校を辞めるときに、何かの役に立つならばと紹介状を書いてくれたのもシュタイナーだった。

「久しぶりにドイツ語でゆっくり話をしてきたが、相変わらず度を越えた日本贔屓《びいき》だったな。もっとも、この国の大臣よりも高給で迎えられている身だ。おまけに、研究のために必要な器材や薬品は金に糸目をつけずに異国から取り寄せられる。何不自由ない生活を送っていれば、もはや祖国で教鞭《きょうべん》を執ることなど考えられないだろうな」

その異国からの医療器材や薬品の貿易の窓口が御影なのだ。シュタイナーがこの国で十二分にいい思いをしていると言いたげな御影本人も、同じように商売で利益を得ているはずだ。だが、蓮はそんなことなど何も知らぬ素振りで、空になったグラスにワインをそそぐと言った。

「わたしには難しいお話はわかりませんが、りっぱなお医者様なのだと思います」

蓮の退学を残念がって、何度も引き止めてくれたシュタイナーのことを懐かしく思い出しながらもしらばっくれる。すると、御影はなぜか小さく肩を竦《すく》めてからさっさと話題を変えた。

「ところで、言いつけどおり髪を切ってきたのだな。なかなか似合っている。ずっとわたし好みになった」

その言葉に、蓮は内心暗澹《あんたん》たる気持ちになっていた。もちろん、主の前でそんな顔はできないが、今朝出かけた床屋では、本気で丸刈りにしてもらおうかと思ったくらいだった。だが、そこまで自分の顔を晒《さら》す勇気がなかった。一高時代はかなり髪を短くしていたから、髪を刈ってしまって床屋の帰りに誰かに見つかったらと思うと不安だったのだ。

一高時代の知り合いが横浜《よこはま》にいるとも思えないが、夏の休みには鎌倉《かまくら》の海まで遊びにやってくる者もいる。そんな連中に見つかって、蓮の噂が東京に伝わるのが怖かったのだ。

万一でも、自分のことがあの男に伝わったらと思うと、結局髪は前髪と襟足を切りそろえるだけにしてしまい、またすぐに伸びればいいと考えたのだ。

「そのシャツはどうだ?」

「こういう上等なものは分不相応なので、身につけていて落ち着きません」

来客のときは上着やタイもつけなければならないが、御影だけのときはボタンを一番上まで留めればシャツ姿でかまわないと言われている。というのも、詰襟のシャツそのものが充分に見栄えのするものであるのと同時に、御影が堅苦しい食卓を嫌っているからだ。

「分不相応というわりには、ずいぶんと着慣れているように見える。もっとも、その顔だと何を着てもよいものだな。今夜も楽しみだ」

最後の一言にビクッと顔をこわばらせる。まさか、今夜も蓮を抱くつもりなのだろうか。戸惑いを隠せず、ワインボトルを持つ手を震わせていると、御影は小さな笑い声を漏《も》らす。

「村上がうるさいので、ミサギを屋敷に呼ぶのはやめにした。その代わりを務めるのはおまえだ。自分の務めはわかっているな？」

わかっていなかったとは言わない。ただ、深鷺のように手練手管《てれんてくだ》を使えるわけでもない蓮を、二晩も続けて抱くつもりだとは思っていなかったのだ。

再び御影が酔狂なことを言い出す前に、どうにかしてそれから逃れる術《すべ》を考えようと思っていたが、蓮の望みはあっさりと打ち砕かれた。

「ああ、そうだ。東京へ行ったついでに新しい本を手に入れてきた。ツルゲーネフの『父と子』だ。書斎に置いてあるから、『オネーギン』の次に読むといい。『ニヒリズム』のなんたるかが興味深く書かれている」

時代の流れもあるが、ロシア文学には強く心惹《ひ》かれるものがあった。もちろん、ツルゲーネフは好きだし、どんな作品でも読みたい。だが、蓮は冷静な態度で答える。

「買ったばかりの本を、旦那様より先に読むわけにはいきません」

「わたしはすでにドイツ語に翻訳されたものを読んでいる。あれは、おまえのために買ってきたんだよ」

その言葉に蓮はハッと目を見開いた。使用人に高価な翻訳本を買ってくるなんて、どうかしている。だが、この洋服や散髪の代金まで御影はまったく金を出し惜しむことをしていない。

湯水のように使える資産を持っていることはわかっていたが、そんな男だからこそ蓮は怖いのだ。

（あの悪夢の二の舞だけはごめんだ……）

金の前に屈服させられる自分を想像して、蓮は体を震わせる。けれど、この屋敷を逃げ出すことができない自分がいる。一度は御影に向かって「暇を出してください」とまで言ったのに、冷静になればそれも困ると思ったのだ。

雨露をしのげる場所もなく、物乞いのように街を彷徨《さまよ》うことはできそうにない。そんな己自身の弱さを呪いながらも今宵も寝室へと呼ばれ、売られていく仔牛のようにうなだれていると、すかさず村上がやってきて、蓮の代わりに給仕を始める。

「ここはいいから、支度をしてきなさい」

そんな耳打ちに仕方なく湯を使いにいく蓮に対して、御影は相変わらず上機嫌で言った。

「シュタイナー博士にいいものをもらった。今夜はそれを使ってみようと思うから、楽しみにしているといい」

そんなものに興味などない蓮は、主である御影の言葉を無視するように部屋を出た。

こんなことになって、自分の境遇を恨みたくなる。ただ、この屋敷を飛び出す決心ができないのは、実は飢えや寒さが怖いだけじゃない。御影はときおり奇妙なことを口にするのだ。

たとえば、蓮がよく知るシュタイナー博士のことや、読みたいと思っていたツルゲーネフの本のこと。そして、何よりも彼は寝室に呼びながら、本当に蓮に固執しているのかどうかわからないところがあった。

深鷺の代わりなら耐えがたい屈辱のはずなのに、今の蓮にとってはむしろそのほうが救われる。

一番恐ろしいのは「執着」だ。この身を喰われてしまうほど激しく容赦のない執着から、蓮は命からがら逃げてきた過去がある。妄執《もうしゅう》に取り込まれて己自身が狂ってしまいそうな日々を思い出せば、今の御影の態度などまだしも耐えられる気がした。

この男は、少なくともあの男とは違う。そんな思いがあるから、蓮はようやく見つけた隠家のようなこの屋敷を出て行くことができない。

これは、村上が言っていたような寵愛などではない。深鷺との遊びについてとやかく言われた御影は、ほとぼりを冷ますまでの暇潰《ひまつぶ》しがほしいだけなのだ。そうとはわかっていても、抱かれるための身支度をするのはあまりにも惨《みじ》めだった。

湯を使って体を洗い、今夜は後ろもきれいに流しておいた。そんなところに触れられなければいいと願っている。

蓮にしてみれば、御影の家に跡継ぎができようができまいがどうでもいいことなのだ。もしベッドで御影らしい物憂げな笑みとともに、村上を黙らせたいだけだからしばらくつき合えと言ってくれれば、どんな演技でも協力は惜しまない。けれど、そんな蓮の期待はことごとく打ち破られる。

重い足取りで御影の寝室を訪ねれば、蓮が屋敷の離れで湯を使っている間に御影も寝室の隣の風呂でゆっくりと湯船に浸かってきたらしい。今は薄い緑色をした絹の寝間着と同系色の濃い色のガウン姿になっている。蓮がさっきまで着ていたシャツ姿で部屋に行くと、御影が手招きをした。

近づくのも触れられるのもいやだけれど、逃げ出すわけにもいかない。蓮がゆっくりと御影のそばにいくと、長い指先で頬《ほお》から顎《あご》に触れてくる。

「今日一日、おまえを抱きたくてどうしようもなかったよ。戸惑いながらも乱れる昨夜の愛らしい顔が脳裏に浮かぶたび、心が落ち着かなくなってしまうんだ」

そんなことを言われても、蓮にしてみれば屈辱が募るだけだ。

「旦那様、こういう戯《たわむ》れはどうか今夜かぎりにしていただけませんか。わたしのような人間には、到底務められるとは思えません」

言葉は平静を装っていたが、心はせつにそう願っていた。ところが、御影は思いのほか真面目な顔になって言う。

「戯れとはいささか心外だな」

戯れでなければなんだというのだろう。だが、蓮はそれをたずねる勇気はなかった。

「さぁ、おいで。今夜も楽しませてもらおうか」

ベッドに手を引かれていった蓮が今夜もそこで一度立ち止まる。ベッドに上がるのが怖い。この体に触れられるのが恐ろしい。何よりも、自分がまた淫《みだ》らに崩れていくのではないかと思うと不安なのだ。

「なぜ、そんなに怯《おび》えている？　昨夜はそんなに辛《つら》い思いをさせたか？　慣れていないだろうと思って、ミサギを抱くよりずっと優しくしたつもりだぞ」

「お願いします。今夜はここでご奉仕しますから……」

そう言うと蓮はベッドのすぐそばで跪《ひざまず》いた。つまり、ここでベッドに腰掛けた御影に手と口で奉仕をするから、それで勘弁してもらえないだろうかという意味だった。

「後ろが辛いのか？」

「わたしには無理です」

「無理じゃないだろう。昨夜はちゃんと受け入れたじゃないか」

「苦しかったんです。とても辛くて……」

「だが、果てた。わたしの手を濡らしたぞ」

ベッドに腰掛けていた御影は、目の前で跪く蓮の顔の前に自分の手のひらを持ってくる。まるで、そこにまだ蓮が出したものがついているかのように見せると、その手で蓮の頬を撫でていった。

ゾクッと背筋が震える。自分が彼の使用人であるかぎり、この男に情けはない。それは、あの男と同じように。そう思った瞬間、恐怖が蓮を支配する。

「口を開きなさい」

跪いたままの蓮が言われたとおり口を開く。そこに御影の長い指が入ってくる。一本、二本と指が増えて、口腔《こうこう》をそっとまさぐられる。

「舌を使うんだ。下手ではないが、何かぎこちない。おまえは仕事の呑み込みが早く、たいそう利口だと村上が言っていた。だったら、こういうことも覚えが早いだろう」

「んん……っ、くぅ……っ」

ときには喉《のど》の近くまで指を押し込まれて、苦しさのあまり目じりに涙が溜まる。蓮のそんな表情を見下ろしながら、御影は楽しそうに微笑《ほほえ》んでいるのだ。自分に逆らえないものを嬲《なぶ》るのがそんなに楽しいのだろうか。人は誰もそんな残酷な支配欲を持っているのだろうか。

蓮はひどく虚《むな》しい気持ちになりながらも、懸命に舌を使う。この世の中には支配する者と支配される者がいて、自分はいつしか支配される側にいた。それでも、労働を強いられるならいい。一生懸命に働いて金を貯め、いつかは学問の道に戻り、さらには失ったものを取り戻す人間になればいいと思っていた。けれど、蓮の強いられるのは、いつも決まって人としての尊厳を踏みにじられる惨めな行為なのだ。

今また御影の指を嘗《な》めて屈辱を噛《か》み締めていると、ようやく口からそれが引き抜かれた。だが、すぐにまた彼の指先が戻ってくる。長く手入れの行き届いた指につままれているのは白い薬包だった。

御影はそれを開くと、中の粉を蓮の唾液で濡れた指につけてまた口元に持ってきた。

「シュタイナー博士にもらったいいものだ。嘗めて飲み下しなさい」

「こ、これは……？」

「本来は苦痛を和らげる薬なのだが、男女の情交のときにも使われると聞いている。近頃偏頭痛に悩まされていると言ったら、内緒で分けてくれてね。きっとおまえを気持ちよくしてくれるだろう。これで抱かれるのもそう辛くなくなるはずだ」

そんな怪しげな薬を口にするのはいやだった。けれど、指先で唇を割られて押し込まれてしまう。

「うく……っ」

「苦くはないだろう。わたしも少し試してみたから大丈夫だ。ちゃんと全部嘗めてごらん」

御影は何度も濡れた指に白い粉をつけると、蓮の口に運ぶ。苦くはないが、もちろん甘くおいしいものでもない。それに、口の中が粉っぽくなって気持ち悪いし、どんな薬かわからないだけに不安だった。

それでも蓮がきれいに嘗めてしまうと、御影はサイドテーブルの上のタンブラーの水をグラスにそそぎ、蓮に差し出す。蓮はそれを受け取って、嘗めた薬を流し込んでしまうしかなかった。濡れた口元を手の甲で拭っていると、御影の腕が蓮の二の腕を引いて立ち上がらせる。

「唇を合わせるんだ。おまえのほうからだ。慣れていないにしても、誘う真似事くらいはできるだろう」

真似事でそんなことをさせて楽しいのだろうか。蓮にはわからないが、主がそれを望んでいるのだ。ゆっくりと体を寄せてから目を閉じて、諦《あきら》めたように唇を触れ合わせた。唇は閉じたままだったが、すぐさま御影の舌が蓮の唇を割ってくる。

くちゅっと濡れた音がして、聞きたくない音に身を震わせる。耳を塞ぐことができないから、もっときつく目を閉じると、少し離れた御影の唇から笑い声が漏れた。

「まるで嫌いなものを食べさせられている子どものようだな」

ハッとして目を開いた蓮は、すぐそばにある御影の端正な顔を見て恥ずかしさに頬を染める。子どものような態度を揶揄《やゆ》されたことが恥ずかしかったのだが、すぐさまそれ以上に恥ずかしい行為をされてまた目を閉じる。

御影の手がいつの間にか蓮のシャツのボタンを外して、胸元に滑り込んできたのだ。今夜は肌着も下着もつけていない。湯を使ったあとにはいっさいつけるなと言われたからだ。直接胸の突起をつままれて、眉間《みけん》に皺《しわ》を寄せたのは、痛みより恥辱が勝っていたから。普通なら人の手で触れられることがないといえば、胸も下半身と同じだった。

「目を開けて見てみるといい。ほら、硬くなって尖《とが》っているぞ」

「い、いやです。見たくない」

逆らえば御影がより強い態度に出るとわかっていても、恥ずかしい行為を受け入れるわけにはいかなかった。すると、案の定御影は蓮を屈服させようとする。シャツばかりかズボンにも手をかけて、あっという間に裸にされてしまう。もはや何もどこも隠せない姿になって、また胸の突起がつままれた。

「ミサギはここをつまんで弄《もてあそ》んでやると、甘い声をあげてしなだれかかってきたぞ」

「できません。そんなことは……」

「そうか。なら、下はどうだ？　ここなら少しは声を上げるだろう。昨夜もそうだったしな」

御影は下半身へと手を伸ばし、自分の膝《ひざ》を使って合わせている蓮の両足を割ってくる。そのとき、咄嗟《とっさ》に身を捩《よじ》って逃げようとしたのは、自分の股間がわずかに勃《た》ち上がっていたからだ。胸を弄《いじ》られて感じていたと思われるのがいやだった。

だが、逃げれば当然のように追われる。裸のままなのも忘れて夢中で部屋の扉に向かおうとするけれど、数歩も行かないうちに御影に引き戻され、今度こそベッドに押し倒された。結局は昨夜と同じことになってしまうのだ。そう思って蓮がうなだれたときだった。突然、ドクンと胸が強く打った。

（な、何……っ？）

痛みではない。ゾクゾクと背筋に何か怪しげなものが這《は》い上がってくる。震えるような感覚の奥には、微《かす》かに淫らなものがあるとわかる。さっきまで胸を嬲られていたからだけじゃない。

もっと唐突な感覚だった。

「こ、これは……？」

戸惑うように自分の裸体を両手で抱いて息を整えようとする蓮に、御影が楽しそうな笑みを浮かべながら言う。

「おや、案外と早くに効き目があったようだな」

「い、いやだ……っ。何……？　これは……？」

体が勝手に熱くなっていき、呼吸が早くなる。それだけじゃない。下半身がひどく疼《うず》いて硬くなっていくのだ。うろたえる蓮の両足が御影の手によって分け開かれると、意思に反して淫らな反応を示しているそこがあらわになる。

「どうだ？　これでもう拒《こば》むこともできないだろう。解放してほしくてどうしようもないはずだ」

「そ、そんなこと……」

ないとは言い切れなかった。わずかな時間で体はどんどん熱くなり、そこが今にも弾けそうなくらい感じている。これがさっきの薬の効果だと気づいて、蓮はあれを嘗めて飲んでしまったことを心から後悔した。だが、拒んで拒みきれるものではなかったのだ。

「心配しなくていい。体に悪いものではない。ただ、頑《かたく》ななおまえが少しでも気持ちを楽にできるようにと思って、分量を処方よりも多くしたんだがね」

シュタイナーは尊敬できるいい先生だったが、御影にこんな薬を渡した恩師に恨めしい気持ちが募る。だが、そんなことをあれこれ考えている余裕もなく、蓮の体は火がついたように熱くなってきた。

「おやおや、昨夜とはずいぶんと違うな。股間がもうこんなに濡れているじゃないか。後ろを慣らすための潤滑剤も必要ないくらいだ」

「いやっ、言わないで……っ。こんなこと、ひどい……」

そう叫んだつもりの声までどこか淫らに甘い。これが薬の力なら、抗《あらが》うことさえ無駄だと思い知らされる。呂律《ろれつ》のちゃんと回らない口で何を言っても、御影を喜ばせてしまうだけだ。

蓮の体はもう自分の意思ではどうすることもできない。高ぶる股間は指先で弾かれただけで白濁を噴き出してしまった。こうなれば御影は力も言葉も使う必要がない。思う存分蓮の体を蹂躙《じゅうりん》して、快楽を貪《むさぼ》ることができる。

触れられれば必要以上に反応する。息が速くなって声が漏れてしまう。後ろをまさぐられても、嫌悪ではなく快感が込み上げてくる。そればかりか、指だけでは足りないと思ってしまうのだ。

「わたしがほしくなっただろう？　ほしければ足を開くんだ。自分で膝を抱えてねだってごらん」

ほしくて仕方がない。熱い体の中を擦ってもらいたくてうずうずしている。それでも、蓮は歯を喰いしばるようにして唸《うな》った。絶対にねだったりしない。自分は深鷺のような男娼ではないから。何もかも失ったけれど、なけなしの自尊心だけは捨てるわけにいかない。

「なんとも強情なことだな。薬の力にも抗うのか？」

呆《あき》れたように言う御影の顔がぼやけていく。頭が朦朧《もうろう》として、体のどこにも力が入らない。それでも触れられている感覚はあるし、感じたくもない快感だけははっきりとわかる。

そんな蓮を御影は容赦なく弄ぶ。言葉で嬲っては羞恥を煽《あお》り、淫らな格好をさせては見られたくない場所を晒させる。

「いやだっ、やめて……っ。もう、もう……っ」

いつしか蓮は泣きながら首を横に振り続けていた。股間はまるで漏らしてしまったかのように濡れていて、みっともなさで死にたくなる。それなのに、後ろの窄《すぼ》まりはあさましく御影自身を受け入れ、その動きに声を上げてしまうのだ。そればかりか、気がつけば自ら腰を揺らしている。

「本当に奇妙な体だな。何も知らないのかと思えば、ミサギ以上の反応をする。いったい、おまえは何者なんだ？」

問われても答える気などないが、今は答えようとしても呂律が回らない。喘《あえ》ぎ声ばかりが自分の口から漏れて、もはや抑えようもなかった。

（助けて、誰か助けて……）

蓮は心の中で救いを求める。けれど、もうこの世で味方になってくれる人などどこにもいない。頼れる人など誰一人いないのだ。そんな自分はこうやって男の慰み者になって生きていくしかないのだろうか。これが与えられた定めだとしたら辛すぎるし、悲しすぎる。

「も、もうっ、いやだ……っ。もう、堪忍して……」

「ああ、そうやって泣きながら許しを請うおまえもいいものだ。頑なさを忘れてしまえば楽になれることを、体で覚えるといい」

泣いても泣いても終わりがこない。御影の腕の中で蓮はやがて意識を手放し、何もかもが闇に包まれるまで陵辱《りょうじょく》の夜に翻弄され続けたのだった。

◆◆

屋敷の離れにある使用人部屋の中でも、蓮に与えられているのは最も狭い個室だ。日当たりも悪いし、置かれている家具も安っぽくて古い。ベッドはきしみがひどく、物書き用の机は脚の長さが微妙に違うのか、両手をのせただけでガタガタと揺れる。

それでも、夏の間は風がよく通るので涼しくていい。今日は一日休みをもらえたので、厨房で朝食をすませたあとは部屋に戻ってずっと本を読んでいた。

「オネーギン」を読み終わって、今はツルゲーネフの「父と子」を読んでいる。御影が蓮のために買ってきてくれたという日本語の翻訳本だ。御影本人はドイツ語に訳したものをすでに読んでいるのに、使用人のために安くもない本を買ってくるなんて変わった男だと思う。

それだけではない。屋敷の中で御影の身の回りの世話をするようになってからというもの、身だしなみを整えておかなければならなくなり、洋服や靴など身につけるものを少なからず与えられている。

似合うだろうといって金の鎖の首飾りや濃紺のリボンのついた夏用の帽子、それに贅沢な白い革で作った靴なども もらった。それ以外では、蓮が部屋で書き物をしているのを見かけて、御影本人がドイツに留学していた頃に買ったという万年筆も譲ってくれた。

特別な理由もなく、給金以外のものを与えられるのは他の使用人の手前もあって心苦しい。なにより、そういう品々の代償を体で払わされるのがいやだった。それでは金で買われていた深鷺と変わらなくなってしまう。そう思って警戒心を強くしていた蓮だが、なぜか不本意な性交を強いられたのはあの二晩だけだった。

きっと思うほど楽しめなかったのだろう。それは蓮にしてみれば望むところで、これでもとどおりの下働きに戻してもらえると思っていた。だが、必ずしも蓮の望みどおりにはいかなかったのだ。

（本当に、何を考えているのかよくわからない人だ……）

深鷺の代わりに抱くわけでもないのに御影は次々と高価なものを与え、蓮が困りながらもそれらを受け取ると、なぜか嬉しそうな顔になる。身の回りの世話は引き続きするように言われているが、それ以外にも普通の使用人とは違う仕事が増えたのも事実だった。

御影は横浜の屋敷にいると、ほぼ毎日のように蓮を寝室に呼ぶ。眠る前にブランデーを飲むのが習慣になっている彼は、そのときの話し相手を蓮に務めさせるのだ。

部屋で酒の給仕をさせながら、その日にあったことを事細かに話させたり、読んだ本の感想を聞いたりもする。ときには、自分の気に入っているドイツ語の詩集を蓮に朗読させることもある。あまり流暢《りゅうちょう》に読むと、「挨拶程度に習った」という嘘がばれるので、わざとつまったり難しい単語はわからないふりをするのだが、御影はそれらの発音を丁寧に教えて先を読ませる。

なんでも夜に一人でグラスを傾けていると、なんとなく人恋しい気分になるのだそうだ。以前は深鷺を呼んでその肌の温もりを楽しんでいたが、蓮に求めるのは話し相手になることらしい。

今年で三十四になる御影だから、本来なら妻や子どもがいて当然なのに、彼は自分が結婚には向かないと断言している。そうなると、人恋しく思う気持ちもわからないではないが、それを蓮に求められても正直戸惑ってしまう。

ただ、こういうことなら抱かれるよりもずっとましだし、辛抱できると思う。蓮にはどうしてもここを出て行けない事情がある。家族を失い頼る親族もいなければ、後ろ盾になってくれる人もいない身だ。ここを出て他に新しい仕事を探すにしても、自分ができることは限られている。力仕事ができるほどたくましくもないし、店頭での商いの手伝いが要領よくできるとも思えない。そんな蓮にとって御影の屋敷での仕事というのは、理想的といってよかった。

同じような屋敷で暮らしていたから、使用人の仕事はおおよそわかる。住み込みで働けることもありがたかったし、こっそりと書斎で本を読めるのが嬉しかった。それに、なによりも東京から離れているということが蓮にとっては大きな意味がある。東京には今もまだ自分のことを探しているだろう男がいる。あの男から完全に逃げきるためにも、今しばらくは横浜の町で身を潜めていなければならなかった。

そして、当の御影は五日前から関西に出かけていて不在だ。以前にこの屋敷にもきたことがある田神《たがみ》という男や、他にも神戸《こうべ》で取引のある相手を一週間くらいの予定で訪ねているそうだ。おかげで蓮はこうして休みがもらえて、久しぶりにゆっくりと誰に憚《はばか》ることもなく本が読める。ただし、御影が帰ってきたら、今度はこの本の感想を訊《き》かれるのだろう。なんて答えようか。あまり愚鈍な答えをして、話し相手にもならないならベッドに上がれと言われても困る。かといって、学校に通っていたときのような答えをして、また身の上を探られるのも面倒だ。

奇妙な悩み事を抱えてしまい、蓮は一度本から視線を外して溜息《ためいき》を漏らす。いずれにしても、御影はあの男のようにこの身に執着しているわけじゃないらしい。ならば、そのうちこんなことにも飽きて、また村上の小言などよそに男娼遊びを始めるかもしれない。

あれ以来、御影は本当に深鷺を屋敷に呼んでいないので、蓮としては彼のこともいささか心配に思っていた。深鷺の事情など何も知らなかったが、貧しい家に生まれ育ち、幼い弟や妹がいて、その子たちを学校に行かせるために身を売っていると聞いた。意地の悪い深鷺のことは好きではなかったが、彼が御影の寵愛を失ったとしたら、困っているんじゃないだろうか。

そのことは御影にもそれとなく言ってはみたが、蓮が心配するようなことではないと笑い飛ばされた。事実、深鷺の心配をしている身でもない。

（とにかく、もう二度とあんなふうに抱かれるのは真っ平だから。まして、あんな薬なんて……）

そう思って、また本に視線を戻す。けれど、自分が呟《つぶや》いた言葉のせいであの夜の記憶が脳裏に蘇《よみがえ》ってきた。薬の力とはいえ、どうしようもないほど淫らになって乱れてしまった気がする。忘れていたはずのあさましい熱がこの体を支配する感覚。おぞましさに身を震わせると同時に、体の奥に小さな疼きが起こる。

蓮は慌てて本を閉じると、椅子から立ち上がって窓辺に歩み寄った。そこで深呼吸してから中庭を見ると、初夏になってすっかり伸びきった植木に庭師が鋏《はさみ》を入れている。小さく揺らぐ陽炎《かげろう》の向こうから響くシャキシャキという小気味よい音を聞きながら、蓮は長い吐息を漏らして心を落ち着ける。

少なくとも、御影が関西に出向いている間は平穏な日々を送ることができる。しばらく横浜を離れて、蓮への興味を失ってくれることを祈るばかりだ。そう切に願っているはずなのに、自分の心と体はどこかちぐはぐな気がしていた。こんな気持ちは自分でもよくわからない。

しばらく窓辺にたたずんでいた蓮だが、やがて中庭で老齢の使用人が薪《まき》割りを始めたのを見て、思い立ったように部屋を出る。

父も母も逝《い》ってしまい、市川《いちかわ》の家そのものがなくなってしまった。今の自分は市川という姓を名乗ってはいても、市井《しせい》の労働階級の中で明日の糧《かて》のために汗を流すだけの人間だ。

蓮は中庭に下りていくと老人に声をかける。

「重原《しげはら》さん、お疲れさま。ちょっと代わりますよ」

村上よりも長くこの屋敷に勤めているという年配の重原は、自分の腰を拳で叩《たた》くと申し訳なさそうに蓮に斧《おの》を渡す。

「いや、助かるよ。実は昨日の夜、くしゃみをしたら腰にきちまってどうにもいけない」

「無理しないで。しばらく薪割りのときは呼んでくれれば手伝いにきますから」

「悪いね。けど、今日は休みだったんじゃないのかい？」

「いいんです。どうせ部屋で本を読んでいただけだから」

出かけるところもないし部屋でじっとしているとろくでもないことばかり考えてしまう。それなら、いっそこうして体を使っているほうがいい。華奢《きゃしゃ》な体で腕力にもけっして自信があるほうではなかったが、ここにきてからはずいぶんと外回りの仕事をしてたくましくなったと思う。少なくとも、老齢の重原よりは力はあるつもりだ。

「そうか、本を読むのか。村上さんがあんたは利口な子だと言ってたが、本当なんだなぁ」

感心されて蓮は困ったように笑うだけだった。何気ないときについ口にする言葉が、使用人としては浮いていることを周囲に知らしめてしまう。

「利口な人間ってのは鼻持ちならないと思っていたが、あんたは違うんだね。厨房の連中も言っていたよ。いやな仕事でもなんでもよくやっているって。それに、近頃は旦那様に目をかけてもらっているんだって？　うちの旦那様は異国の血を引いているせいで、若い頃は苦労もされている。それだけに、人を見る目もあるし、なにより面倒見のいい人だ。あんたも一生懸命務めていれば、きっと悪いようにはしないでくれるよ」

首にかけた手ぬぐいで汗を拭いながら言う口調はけっして嫌味のこもったものではなくて、むしろよかったなと言いたげな様子だった。

「目をかけるだなんて……。わたしはただ村上さんの手が回らないときに、屋敷の中のことをお手伝いしてるだけだから」

「それでも、異国の言葉がわかるっていうじゃないか。どこで覚えたのか知らないけど、頭のいい人間ってのはたいしたもんだね。わしらなんぞ、門前で何度経を聞いても覚えられやしないさ」

蓮はその譬《たと》えがおもしろくて、思わず苦笑を漏らしながら斧を振り下ろす。バキッと小気味いい音を立てて、薪が真っ二つに割れる。こんなふうに自分もきっぱりと身の振り方を決められたらいいのにと思う。

けれど、世の中も人生も、生きているということは厄介なことの連続で、蓮の心は明日の自分の生きる道さえ定められずにいるのだった。

「神戸にちょうど米国からの船が入っていてね。宝石商がやってきていたから、おまえに似合うだろうと思って買ってきた。それから、こういう飴《あめ》は向こうの婦人や子どもの間で流行《はや》っているらしい」

重原とたわいもない話をしながら薪割りをしていたら急に村上に呼ばれ、蓮は急いでシャツの袖を下ろして屋敷に入った。すると、リビングには予定よりも早く関西から戻ってきた御影がいて驚いた。

村上の淹《い》れたお茶を飲んでいた御影が、あれこれと説明しながら関西の土産として蓮に差し出したのは、ペンダントトップ用にカットされた赤い宝石と、京都《きょうと》の飴屋で買った白磁の器に入った五色の飴だった。

「これは、ルビーですか？」

「そうだ。その大きさのものは珍しいらしい。どうだ、気に入ったか？」

ルビーは母親が好きだった石だ。出入りの宝石の業者からルビーが七月の誕生石だと聞かされたのがその理由だ。

なんでも、米国ではそれぞれの月に宝石が割り振られていて、誕生石としてプレゼントに使われるのだそうだ。七月は母親の誕生月でもあり、蓮の誕生月でもある。だから、母親は持っている宝石の中でもルビーが一番のお気に入りだったのだ。

もっとも、それらの高価な宝飾類は、市川の家が没落したときにすべて差し押さえられて、他の高価な調度品の数々とともにあっという間に屋敷からなくなってしまった。

それに、この飴屋も知っている。父親のところへ訪ねてくる業者が、母親やまだ幼かった蓮のご機嫌うかがいによく持ってきていたものだ。あの頃は三色の飴だったが、近頃は色味が増えたようだ。いずれにしても、今の蓮にはこういう品は身に余る。特に、ルビーの大きさはかなりのもので、きっとすごく値が張ったに違いない。

「使用人の身でこういうものをいただくのは心苦しいので、できれば他のことに役立ててくださればと思うのですが……」

蓮が目の前に差し出されたものを見ながらそう言ったのは、深鷺にこれらを与えてよりを戻したらどうかという密かな提案でもあった。だが、御影はまったく意に介さず笑う。

「今のわたしに、こんな酔狂な土産をくれてやる相手はいない。それに、ルビーは七月の誕生石だぞ。親しい者の中で七月生まれはおまえだけだ。だから、それはおまえのだ」

「え……っ?」

「七月の一日が誕生日だろう? 村上からそう聞いている。だから、それは少し早い誕生日の贈り物だ」

御影が蓮の誕生日を知っていたのには驚いたが、飴ならともかくルビーは相当高価なものだ。とうてい使用人に買い与えるようなものではない。なのに、御影はいつものように涼しい顔で蓮の胸にその二つを押しつける。

「それより、夕食のあとに寝室へくるように。神戸にいる間、田神が女を用意してくれたが、どうにも食指が動かない。おまえのことを思い出して、早く横浜に戻りたかったよ」

御影が帰ってきたその夜から、また蓮の夜の仕事が増える。話し相手をするだけとはいえ、主である御影の前ではそれなりの緊張を強いられる。まして、今夜は高価な土産ものを渡されたばかりなので、何か無理を言われないだろうかと案じる気持ちが拭えない。

だが、蓮に拒むことなどできるわけもなく、その夜も御影の部屋に行くと夜着にガウンというスタイルでくつろぐ彼にグラスにそそいだブランデーを渡す。それを受け取った御影は、いつものように蓮を向かいの椅子に座らせて微笑みながら言った。

「ルビーはよく似合っているじゃないか。やっぱり、わたしの目に狂いはなかったな」

夕食の給仕をしているときにそうするように言われて、蓮は以前にもらった金の鎖にルビーのペンダントトップを通して胸にかけていた。女でもないのに、麻のシャツに高価な宝飾品など奇妙な取り合わせだと思う。けれど、そんな蓮の姿を見て御影はとても満足そうだった。

「ところで、わたしが出かけている間に何をしていたんだ？　年寄りの話し相手をしながら、薪割りをしていただけじゃないだろう？」

その言葉にハッとして顔を上げた。村上に呼ばれるまで主の帰宅を知らずにいた蓮だが、御影は裏庭で薪割りをしている蓮を見ていたらしい。

「今日は本当なら休みをもらっていたはずなのに、腰痛を抱えている重原の手伝いとは感心だな。それに、おまえはわたしの身の回りの仕事をするようになってからも、下働きの仕事を手伝っているらしいね。働き者だと、使用人の間でももっぱらの評判だ」

「わたしは歳も若いですし、屋敷に入ってからの日も浅いので、自分にできることをやっているだけです」

「殊勝な心がけだな。だが、おまえなら他にもできそうなことはあると思うがね」

そう言って少し言葉を濁したあと、御影は話題を変えてたずねる。

「それより、『父と子』はどこまで読んだ？」

三分の二ほど読んだと告げると、案の定そこまでの感想を聞かれた。蓮は少し考えてから、結局は自分の思うままに答える。適当なごまかしを言えば、どうせ執拗に問い質《ただ》されてしまうだけだ。

御影はベッドの横のソファに座り、ブランデーを少しずつ喉に流し込みながら黙って蓮の言葉を聞いている。そして、蓮がひととおりの感想を言い終えると、次はどんな本が読みたいのかとたずねる。

「昨今流行のロシア文学ならほぼ揃っているが、書斎にない本なら取り寄せてやろう」

「どうか、そんなことはしないでください。もう今回の土産で充分ですから……」

「遠慮をすることはない。おまえには、それだけの仕事をしてもらっているからな」

主の身の回りの世話だけでなく、夜の退屈しのぎまでつき合わされているのは事実だが、分不相応な扱いは他の使用人の手前もあってかえって落ち着かない。蓮がそのことを遠回しに告げると、御影は少しばかり困ったように溜息をついて首を横に振った。

「まったく、おまえは強情だな。どうして、人の好意を素直に受け入れることができない？ よく働いているから褒美をやろうとしているだけなのに、そんなにわたしが信用できないか？」

特別扱いをされることに抵抗があるだけで、蓮にしてみれば主の機嫌を損ねるつもりはなかった。だが、御影はすっかり蓮の態度を持て余したように言う。

「深鷺の代わりはできないと言うから、違う扱いをしてみても一向に心を開こうとはしない。利口で美しいからと思って目をかけてやれば、恐縮すると言いながらわたしから逃げようとする。そんなおまえはいったい何者なんだ？」

　使用人のくせに生意気なことを言い、主に反抗的な態度を取っていると思われたのかもしれない。蓮は慌ててそんなつもりはなかったと深々と頭を下げて、何度も詫《わ》びの言葉を口にした。するると、御影はおもむろにソファから立ち上がり、向かいの椅子に座っていた蓮に手を伸ばす。

「もう、いい。だったら、久しぶりに床での相手をしてもらおうか。いっそそのほうが納得して、屋敷にいられるのならわたしはそれでもかまわない」

　その一言で、蓮の体がビクリと震えた。

「そ、それは……」

「どうした？　分不相応な扱いが困るなら、それに見合うだけのことをすればいいだろう」

「わたしは、旦那様のお相手ができるような人間ではないんです。どうかそれだけは、もう勘弁してもらえませんか？」

　力ない言葉で訴えると、御影はこれみよがしに肩を竦めてみせる。だが、今夜の御影は最初に蓮をこの部屋に呼びつけたときのように、はっきり主としての強い態度を示す。

「どうしてもわたしの相手ができないと言い張るつもりか？　あの夜、おまえはわたしの腕の中で何を言ったか覚えていないだろう。そう薬を使って抱いた夜のことだ」

　最初の夜も辛かったが、翌日の夜はさらに屈辱的な思いをした。そして、御影の言うとおり、途中から薬の力によって意識が朦朧としていた蓮にははっきりとした記憶がないのだ。

「わたしが何を……?」

何か御影の感情を逆撫でするようなことを言ってしまったのだろうか。だが、いくら思い出そうとしても無理だった。

「おまえはわたしに抱かれながら、何度も許しを請うた。それも、他の男を呼びながらだ」

「え……っ?」

蓮の体が硬く強張った。もしかして、朦朧とした意識の中で、自分はあの男の名前を呼んでしまったのだろうか。あの男のそばにいるとき、苦しみと屈辱の中で何度も許しを請うたことは事実だ。けれど、もし錯乱して御影に対してその名前を口にしたとしたら、いくら薬のうえのこととはいえとんでもない失態だ。

蓮は思わず両手で自分の顔を覆《おお》う。すると、御影の手が蓮の顎に触れ、そのまま顔を持ち上げられる。

「やっぱり、抱かれたのは初めてじゃなかったようだな。誰に抱かれていた?『おじ様』というのは誰だ? 実の叔父のことか? あるいは、他の男なのか?」

「そ、それは……」

間違いなくあの男のことだ。あの男は蓮に親しみを込めて「おじ様」と呼ぶことを強要していた。もちろん、最初の頃は疑いもなくあの男を慕ってそう呼んでいた。けれど、やがてそれはおぞましい芝居めいたものになっていった。そんな中で、蓮は何度その言葉を口にさせられたかわからないし、御影の言うように、何度許しを請うたかわからない。

「正直なところ、薬を使ったときは少々やりすぎたと思った。少しばかり従順になればいいと思ってのことだったが、何やら秘密めいたものが飛び出してくるとはね。おまえはいったいどこからやってきた？　卑しい生まれではないだろう。見ているかぎり教養もあれば、振る舞いもそれなりだ。それに、あれ以来ずっと考えていたんだが、市川という名前には覚えがあるような気もする」

御影は少し首を捻《ひね》って考える素振りを見せるが、蓮はじっと口を閉ざしていた。自分の正体を告げるつもりはない。ましてや、あの男の名前を口にするつもりもない。御影はあの男と違うかもしれないが、この体を己の慰みに抱いたのも事実だし、蓮の中の警戒心が容易なことでなくなるわけもない。

誰もが善意で困っている人間に手を差し伸べてくれるなどとは、もはや思わなくなった。何も疑うことなく純粋でいた自分は、それなりの代償を支払って現実を見るようになったのだ。だからこそ、今となっては信じられるのは自分だけだと思っている。

「わたしは何者でもありません。ただの使用人ですから」

嘘は言っていない。以前の自分はそうではなかったかもしれないが、少なくとも今の自分は身寄りもないただの下働きの人間だ。蓮は持ち上げられた顔でじっと御影を見つめる。視線を逸らせば、もっと厳しく追及される。そう思ったから、強い気持ちでそう言い続けるしかなかった。

御影もまたじっと蓮の顔を見つめていたが、やがて緊張を解いたようにふと吐息を漏らす。

「そうだったな……」

その一言で、蓮もまた硬くしていた体からふと力を抜いた。だが、次の瞬間、御影が冷たい声で言葉を続ける。

「まぁ、いい。おまえが何者であっても、今はわたしの使用人だ。わたしの命令には従うのだろう」

「どんな命令でも従いますから、どうか深鷺様の代わりを務めることだけは勘弁してください。わたしには無理なのです。どうしても、それだけは……」

「過去に抱かれていた相手を忘れられないとでも？」

「そうではありません。けっして、そうではないのです」

あの男のことなど、忘れられるものなら本当に己の記憶から消し去ってしまいたい。けれど、それができないのだ。だから、触れられることも抱かれることも怖くて仕方がない。こんな気持ちをどうやって説明すればいいのだろう。理解してもらうためにはすべてを話さなければならないし、すべてを話したからといって、御影が蓮に対して寛容な態度を示してくれるという保証はどこにもない。

御影が他の使用人の言うように慈悲深い主であるかどうかは、未《いま》だにわからない。本人が口で言っていたほど無体なことをする人間ではないかもしれないが、まだまだ得体の知れない不思議な男ではあるのだ。

そんな御影がじっと蓮を見下ろす。蓮は一度椅子から立ち上がると、その場に膝をついて座り込む。そして、何もかもかなぐり捨てる覚悟で両手を床につき頭を下げた。土下座をしたままの格好で今一度御影に懇願する。

「もう勘忍してください。書斎の本も読みません。いただいたものもすべてお返しいたします。ですから、わたしを元の下働きに返してください。このとおりです。お願いします」

知恵も尽きたし、あの手この手で懇願もした。蓮ができることといえば、もうこんなことくらいしかない。ようやく見つけて逃げ込んだ場所なのだ。ここを追われても逃げ出しても、蓮には他に行くあてがない。だからといって、抱かれるのは辛い。ましてや、薬の力で前後不覚になってあの男の名前を呼ぶのもおぞましい。

蓮はひたすら頭を下げ、ついには額を床に擦りつけていた。すると、頭上から大きな溜息が聞こえてくる。

「おまえのことはもう少し考えてみよう。今夜は下がっていい」

その言葉に、蓮はハッとしたように顔を上げた。わかってくれたのだろうか。そんな思いで、微かに表情を和らげる。そして、その場で立ち上がると、金の鎖に通したルビーをテーブルの上に置く。

「他にもいただいたものは、明日すべてお返ししますので」

そう言うと、もう一度頭を下げて部屋を出ようとしたときだった。御影がふと思い出したように言う。

「そういえば、シュタイナー博士が懐かしがっていたな」

いきなり心臓がわしづかみされたような心持ちになって蓮が振り返る。

「な、なんのことでしょうか?」

「先日、わたしが東京帝国大学へ出向いたことは知っているだろう?」

蓮は頬を強張らせたまま頷くこともできずにいた。

「そのときに、以前とても可愛《かわい》がっていた学生がいたのだけれど、家庭の事情で退学してしまったというのだよ。利発で美しく、英語とドイツ語が堪能だったそうだ」

御影はもう気づいているのだろうか。それとも、カマをかけているのだろうか。それがわからないから、蓮のほうから何か言うわけにはいかなかった。それでも、じわじわと不安が込み上げてきて、たまらず口を開いてしまった。

「そ、その学生が何か……?」

「いや、おまえもドイツ語と英語ができたことを思い出してね。また、近いうちに彼に会いに行ってみよう。シュタイナー博士がご執心だったという学生の話を聞くのも、なかなかおもしろい」

　蓮は黙って扉に手をかけたままだった。その様子を見てさらに試すかのように御影が言う。

「あるいは、すぐに夏の休暇が始まることだし、彼を屋敷に招待してもいいかもしれないな」

　シュタイナーがここにくれば、必ず蓮のことを認識するはずだ。大陸にいる親戚を頼っていくと説明して学校を辞めたのに、嘘がばれしまうと面倒なことになる。

　だが、御影がどこまで本気で言っているのかわからないから、蓮は黙っているしかない。万一シュタイナーがこの屋敷を訪ねてくることがあったら、そのときはどんな理由を作ってでも身を隠すしかないだろう。

　すでにいない親族に不幸があったとでも言い、村上からその間だけ暇をもらえばいい。そんなことを考えているとは知らない御影は、部屋を出て行こうとする蓮の背に向かって言う。

「ああ、それからあの万年筆だけは持っているといい」

「でも、あれは旦那様の留学の思い出の品ですから……」

「だからだよ。わたしが人生で一番勉学に励んでいたときに使っていたものだ。これからは、おまえが持っているといい」

　学業から離れてしまった自分が、そんな万年筆を持っているのはなんだか皮肉な気がして複雑な思いだった。けれど、自分の中にある学業への未練のせいか、強く拒むこともできなかった。

その夜、部屋に戻った蓮は、ガタガタと揺れる安定の悪い机の上に御影からもらった万年筆を載せる。その横に市川の屋敷からかろうじて持ち出せた、父親の形見の懐中時計を並べてみた。

何も持たない蓮にとって、この二つだけがすべての財産だった。明日にはまた下働きに戻れる。何も不満はないし、もう同じ過ちを犯すつもりはない。このまま御影が蓮のことを解放してくれるなら、今度こそ自分はこの身を潜めて生きていくだけだ。

そう心に誓って、蓮はいつしかすっかり眠り慣れた硬いベッドに身を横たえるのだった。

◆◆

「旦那様のご意向なのだから、仕方がないだろう」

つい声を荒らげてしまった蓮に、村上もまたいくらか困惑した様子で言う。

「そ、そんな。どうしてですかっ？」

その日の朝、蓮はいつものように厨房で質素な朝食を食べさせてもらい、まだ腰痛がよくならない重原の手伝いのため薪割りをしに中庭に出たところだった。いつもなら御影の朝食の給仕をしているはずの村上がやってきて、これから身支度をして御影の外出についていくようにと言うのだ。

「どうやら、おまえが異国の言葉を使えると知って、商館でも役に立つと思われたのだろう」

「そんな……。わたしには無理です」

てっきり昨夜は御影が蓮の希望を聞き入れてくれたと思っていたが、どうやらそうではなかったらしい。蓮は村上にごねても無駄だとわかっていながらも、そう言って頼むしかなかった。村上も愛人の代わりにしているのも困ったことだが、外に連れ歩かれるのもどうしたものかという思いはあるらしい。ただ、蓮の利口さは認めてくれているのか、諭《さと》す言葉も尽きたあげく励ますように言う。

「いいか。これはおまえにとってもいい話だ。語学も計算もできるのだから、旦那様のそばでしっかり働けばこの先の道も開けるかもしれない。使用人で一生を終わるよりもずっとよいことだろう」

村上自身はこの屋敷で使用人として働き続けてきた半生に不満などないが、これからの時代は若い利発な者が国を支えていけばいいと思っているという。

そう言われてみれば、確かにありがたい話かもしれない。けれど、この話を形どおりに受けとめていいものか、不安は拭いきれなかった。ただ、商館で働くことは屋敷の下働きをしているよりもずっと多くのことを学べるのは事実だろう。そして、そこで学んだことは、自分の夢でもある市川の再建のための足がかりになるかもしれない。そう思った蓮は部屋に戻り、外出用に身支度を整える。

商館など人の出入りの多い場所で顔を晒すのはあまり好ましいことではないが、どうせ御影もお茶汲み程度に使うつもりだろう。裏方で働く分には、問題はないだろうと思った。

「支度はできたか？　すぐに出かける。ついてきなさい」

玄関先で村上から外出用の帽子とステッキを受け取っていた御影が、蓮の姿を見て軽く顎をしゃくる。屋敷の玄関の前にはすでにフォード社の車が横づけされていた。

後部座席に乗り込むと、御影はいきなり自分が手にしていた雑誌と新聞を渡す。蓮も以前父親の書斎で見たことがある「ザ・ファー・イースト」という英文の週刊誌だ。欧米に極東の情勢を伝えると同時に、中国、台湾、朝鮮半島などアジアの経済や政情についても詳しく取材記事が載っている。新聞のほうはドイツで発行されているウォルフ社のものだった。

「目を通しておきなさい」

言われた蓮が中を開いて読んでいると、ドイツの新聞のほうで気になる記事があった。近くオーストリアのフェルディナント大公がサラエヴォを訪問するという内容のものだ。

学校でドイツ語の授業を受けていたとき、シュタイナーはよく欧州の情勢を話して聞かせてくれた。ただ単に言語を学ぶのではなく、言語で何を伝えるか、どういう知識を得るかが大切だというのが彼の教育の信念だったからだ。

そのとき聞いた話によると、一九〇八年に正式にオーストリアに併合されたボスニア・ヘルツェゴビナでは、多くの市民がこれに反発を感じていて、いずれ南スラブにおいては深刻な問題に発展するかもしれないと言っていた。

そういう街をオーストリア大公が訪問するというのは、大きな意味を持つと同時に危険も伴う。極東の地にいて、遠い欧州の政情を案じる立場でもないが、とりあえず蓮の目にとまったのはその記事だった。

屋敷からそう遠くない商館の前に着いて車を降りると、御影は建物の奥にある自分の執務室に行くまでに気になった記事はあったかと蓮にたずねる。

「はい、いくつか」

例えば、孫文《そんぶん》が亡命先である東京で近々革命ののろしを上げるのではないかという記事と、袁世凱《えんせいがい》の支配下にある大陸の脆弱化《ぜいじゃくか》が目立つという記事だった。それが、何より今の日本には身近な問題に思えたのだ。

「それと……」

「それとなんだ?」

「サラエヴォに……。いえ、これはわが国にはあまり大きな影響はないかもしれないので」

というより、なければいいという希望的観測で蓮が言葉を濁した。だが、両親が欧州にいる御影には気になる記事だったようで、蓮がみなまで言う前に溜息を漏らす。

「フェルディナント大公か。確かに、今月の末というのは、訪問の時期が悪いな。よからぬことが起きなければいいが……」

そう呟きながら自分の執務室に入ると、御影がステッキと帽子を差し出したので、すかさず受け取った。蓮がそれらを入り口のラックにかけていると、デスクについた御影が紅茶を用意するように言いつける。

「給湯室の場所やその他細かいことは、隣の部屋にいる秘書の榊《さかき》にたずねなさい」

一礼をした蓮が部屋を出ようとして扉を閉める前に、御影が含み笑いを漏らしながら言う。

「それにしても、短時間でよく読み込んだな。語学の能力は問題ないようだ。おまえは屋敷でも仕事熱心だったから、ここでも存分に自分の能力を使って働くといい」

その言葉で自分の語学の能力があらためて試されたのだとわかったが、そのことについてもはや焦る気持ちはなかった。ごまかし続けるにしても限界を感じていた。下手な嘘がとっくにばれているなら、いっそ御影の言うとおりその能力で仕事をさせてもらえるほうがありがたい。

てっきり、言いなりにならない蓮を別の方法で屈服させるか、あるいはただ着飾らせて連れ歩こうとしているのかもしれないと危惧《きぐ》していたけれど、本気で商館で使おうとしているのだとわかってむしろ安堵《あんど》している自分がいた。

その日から蓮は毎日御影の仕事場に付き添うようになった。御影は訪ねてきた人に会い商談をして、ときに出かけてはまた商館に戻り、書類に目を通して細かい指示を部下に出す。

蓮は秘書の見習いとしてお茶を淹れたり、書類の清書をしたり、郵便局へ手紙や電報を出しにいったりする。御影が出かけている間は、英文やドイツ語の雑誌や新聞を読んでおくように言われる。それはむしろ蓮にとって楽しい作業で、御影のそばで現実の商売を目《ま》の当たりにしながら、世界情勢の勉強を同時にしているようなものだった。

どうやら、村上の言っていたこともあながち間違いではなかった。自分の将来を考えれば、本当にありがたい扱いを受けているのかもしれない。そして、蓮の心の中にはあらためて御影への感謝の気持ちが芽生えていた。

そんなあるとき、蓮が来客にお茶を運んでから、いつものように届いていた郵便物の仕分けをして秘書の榊に持っていった。すると、タイプライターを打っていた榊は手を止めて封書の束を受け取り、蓮を見て微笑んで言う。

「ここに通うようになって、二週間か。ずいぶんと慣れたようだね。御影様も君には感心していたよ。商館に連れてきたのは正解だったたって」

「えっ、そうなんですか?」

「言われる前になんでもするし、書類の清書も丁寧に仕上げているってね。それに、君は英語だけじゃなくて、ドイツ語もかなり上手なんだろう。今後は通訳や翻訳なんかの仕事もまかせてみたいと言っていたよ」

榊は横浜生まれの横浜育ちで、近隣に英国人一家が住んでいたため英語は驚くほど流暢だった。また、家庭の経済的理由で大学へ進学はできなかったものの、独学で学んだロシア語に関しても読み書きはほとんど問題がない。ただし、ドイツ語は苦手なので、蓮に手伝ってもらえると助かると言う。

いきなり連れられてきた蓮のような若造を煙たがるでもなく、使えるとわかればそれなりに指導もしてくれる。榊は御影の経営する商館に勤めてまだ六年ほどだが、彼もまた能力を買われて秘書に抜擢されていた。御影という男は、そういう意味では氏素性など関係なく、能力のある人間はきちんと引き上げて、それに見合った給金を与えるというやり方を徹底しているようだった。

それにしても、御影本人からはこれまで蓮の仕事ぶりについては、何も言われたことがなかった。ときには慣れないことでしくじったりもしたが、声を荒らげて叱《しか》ったりくどくどと注意をすることもない。その反面、手放しで誉めることもなかったので、自分がこの商館でどのくらい役立っているのかわからずにいたのだ。

けれど、榊の言葉を聞いて、蓮は思いがけず心が浮き立つのを感じていた。自分という人間が、体ではなく能力で評価されている。それは、蓮が両親を亡くしてたった一人で世の中に出てから、初めて経験するとても大きな充実感だった。

そうして、蓮が商館での仕事にますます懸命になっていた頃のことだった。蓮の気持ちの高揚に冷や水をかけるように、新たな問題がふりかかってきた。

その日は午後になって一度屋敷に戻るという御影に、蓮も当然のようにつき従った。が、途中で仕立て屋に立ち寄ると、そこで頼んであるものを受け取ってくるように言われる。

車で御影が待っている間に蓮が店に行って受け取ってきたのは、仕立てたばかりの背広の上下が数着。白いシャツとアスコットタイも何種類か用意されていた。そのあとには靴屋や小物屋にも寄ってひととおりの荷物を車に積み込んで屋敷に戻る。

蓮が積んである荷物を持って御影の部屋に運ぼうとすると、それは自分の部屋に持っていくように言われた。どういうことかわからずにたずねると、村上がやってきて荷物を運ぶのを手伝ってくれる。

その横で御影がいつものように蓮にステッキと帽子を手渡しながら言った。

「今夜はスミス邸の夜会に出かける。関東の主だった財界の人間が集まるので、顔を出さないわけにはいかない。こういうとき妻がいないと不便なものでね。そこで、おまえをつれていくことにした。肩書きはそうだな、うちで面倒見ている書生か、あるいは秘書でもいい」

「そ、そんな。わたしはそういう場所には……」

出たくない。というより、出るわけにはいかないのだ。だが、御影はこういうときの蓮の言葉はいっさい聞き入れてくれない。このときもすべてを話す前にきっぱりと言いつけられる。

「その洋服や靴は全部おまえのために作らせたものだ。御影の人間として恥ずかしくない程度には着飾っておきなさい」

「待ってください。本当に困るんです。わたしには……」

それでもまだ御影に訴えようとすると、村上が横から宥《なだ》める。

「旦那様の決めたことだ。おまえのことだから大丈夫だとは思うが、御影の名前に傷を残すことのないよう、立ち居振る舞いや言葉遣いにはよく注意するように」

村上にまでそう諭されて、蓮はまた自分の言葉を口にできなくなってしまう。うまくしのげるかと思えば、厄介なことになる。かと思えば、頭を抱えているとなにげなく救いの手が差し伸べられる。御影のそばにいると、そんな繰り返しばかりだ。

しょせん蓮はまだ十八にもならない子どもで、御影は商館を構えて大きな商売をしている大人だ。まして、二人の間には歴然とした主従関係がある。敵う相手ではないとわかっているが、今回もまた連は困惑の中に一瞬にして突き落とされてしまった。

御影の支度の手伝いをしなければならない村上は、荷物を蓮の部屋に運び込むとすぐ出て行ってしまった。蓮は部屋で大量の荷物に囲まれて大きな溜息を漏らす。

御影の世話をするようになってから離れではなく、屋敷の中の御影の隣の一室をあてがわれている。そのほうが用事があるときにすぐに駆けつけられるからという理由だった。これまでの質素な部屋と違い、使用人としては分不相応なほどりっぱな部屋を使わせてもらっていることにはいささか抵抗があった。そのうえ、この洋服に靴に諸々の品だ。だが、逆らってどうなることでもない。もし本気で命令に背くのなら、今すぐ屋敷を飛び出していくしか方法はないのだ。そうするべきか夜会についていくべきか、しばし考えてから蓮は箱の中から洋服を取り出し着替え始めた。

（あの男がきているとはかぎらないから……）

政財界の者が集まる夜会は昨今の流行だから、東京では頻繁に行われている。蓮がまだ東京にいた頃も何度かあの男に連れ出されたことがあった。だが、今回の夜会は横浜で行われるのだ。東京からやってくる者はそう多くはないだろう。

それに、大勢集まればそれだけ人の中に隠れていることもできる。御影にはあとで叱られるかもしれないが、しばらくついて歩いたあとは庭にでも廊下にでも逃げ出せばいい。

覚悟を決めた蓮が着替えをすませて玄関のところへ出向く。御影を待たせるわけにはいかないから急いだつもりだが、一足遅かったようだ。村上が視線で蓮を急かすので、玄関で帽子を被り白い手袋をはめている御影のそばに慌てて駆け寄った。

仕立ててもらったばかりの夜会服に着替え、見苦しくない程度に髪を横に流して整えた蓮の姿を見て、御影は感心したように小さく手を叩いてみせた。

「村上、この子はいったい何者だと思う？　この控えめでいようとしても麗しさが滲み出てくる姿は、きっと今夜の夜会で多くの人の目を引くだろうな。おまけに、英語とドイツ語で会話ができる。きらびやかなだけの頭の緩《ゆる》い妻など連れているより、よっぽど自慢できるというものだ」

村上は御影の言葉にただ恐縮したように頭を下げている。蓮は夜会でできるだけ目立つことのないようにと考えていたのに、屋敷の玄関先でいきなりそんな言葉を聞かされて途端に足取りが重くなる。

そればかりか、一度は返したはずのルビーのペンダントトップのついた金色の鎖が、御影の手で首にかけられた。

「いいね。見立てどおりだ」

得意げに言う御影は、最初からこういう機会のために金鎖とルビーのペンダントトップを買っていたのだろう。いまさらそれに気づいたところで、もはや蓮は逃げ出すこともできない。促されるままに外の車寄せに停《と》まっているタクシーに乗り込むと、ひどく緊張した面持ちで俯《うつむ》いていた。

「今夜の夜会は、新しく日本にやってきたイギリスの大使館職員を歓迎するというのが名目だ。だが、本音は商売の相手として取り込もうと誰もが狙《ねら》っている。連中さえ丸め込めば、いくらでも取引の便宜を図ってもらえるからな。なので、主だった財界人がこぞって横浜に乗り込んできているが、東京の商人に大きな顔をさせるのは癪《しゃく》に障るのでね」

「と、東京の貿易会社もきているのですか？」

蓮がいやな予感とともにたずねると、御影はあっさりと肯定する。

「かなりの人数がきているだろうな。正直なところ、東京の商売人は好きになれない。横浜の

人間とどこが違うかと言われれば同じようなものだが、中には輸入された品を右から左へと流して利益を得ているような者も少なくないからな」

異国との貿易が盛んになった今では、現地に足を運び、必要な物資を自らの目で検分するという作業がどんどん下請けに回っていく。御影の商館でも輸入に関する手続きの多くは下請け会社にやらせているのが現実だ。

それでも、御影は自ら港に足を運び、商品を確認しては現場で指示することを父親の代から守っていた。それゆえに、今や経済の中心地となっている東京に商館を移すことなく、横浜で商売を続けているのだ。彼のそういう姿勢は蓮も共感できるし、父親の後ろ姿を見ているような部分もあった。

だが、今夜の問題はそれではない。東京からも多くの人間がやってくるという。そういえば、今日の昼頃に郵便局に行くため街に出たとき、普段以上に多くのタクシーが走っていたような気がした。あれは、東京からきた連中を宿泊所に乗せていったタクシーだったのだろう。

「どうした？　顔色がよくないな。気分が悪いなら車を停めてやるぞ」

御影が隣に座る蓮の顔を見て言った。

「い、いいえ、大丈夫です」

今車を停めてもらったところでどうしようもない。車を降りて逃げ出せるならいいが、きっと御影はそれを許してくれないだろう。それに、今回の夜会が遊興的な宴《うたげ》ではなく、彼の商売にも影響があるから顔を出すのだと知って、自分の事情で妨げることはできないと思ったのだ。

自分の父親が大陸で商売を始めたとき、できるだけ多くの人と会い、手を握って話をし、心を通わせて関係を築いてきたことを知っている。御影もまた、生身で相手と対峙して商売をしている男だということを蓮はこの数週間でちゃんと理解した。だから、彼の仕事の足を引っ張るような真似はしたくなかった。

どうしてだろう。御影のそばにいると蓮は自分の考えだけで自由に動くことができなくなってしまう。だからといって、彼はあの男のように蓮をがんじがらめに縛りつけているわけではない。そして、放されたと思うと、また引き寄せられる。不安に怯えながら、蓮はまるで御影という男の手のひらの上で泳がされているような気持ちになっていた。

車は夜会の会場である山手の外国人居留地に向かって坂道を上っていく。御影もまた父親の代はこの界隈に暮らしていたが、独特の外国人意識を嫌ってあえて海の近くに今の洋館を建てたという。

丘の上のりっぱな洋館はイギリス商人であるスミス氏の屋敷で、今夜は百人以上の招待客で賑《にぎ》わっていた。ひっきりなしにやってくる車をさばきながら、使用人が客人を邸内へと案内していく。

「さてと、妻ではないが、それなりの仕事はしてもらおうか」

そんな御影の言葉に促され、蓮は人々の集う中に入っていく。半年ぶり、あるいはそれ以上かもしれない。誰の目にも触れたくない自分が今また光の下に引きずり出されるのを感じて、心が微かな怯えにわなないていた。

その夜の主役はもちろん、新しく日本に赴任したというイギリス大使館の職員たちだった。船で横浜の港に着いてわずか数時間後にこの屋敷に連れられてきた連中は、興奮と困惑の中にいるようだったが、誰もが自分の名前を売り込もうと懸命に接触を試みていた。

そんな中、御影はといえば親しい横浜の商人仲間と情報交換に余念がない。蓮が心配していたほど誰も自分のことなど気にとめてもいない。御影が引き上げるまで部屋の片隅でじっと顔を伏せていれば、蓮を知っている者がいたとしても気づかないだろう。

そう思ってひたすら息を潜めるようにしていたときだった。突然、見知らぬ男が声をかけてきた。

「君はどこのご子息かな?」

ビクリと体を緊張させた蓮は深く頭を下げたまま答える。

「わ、わたしは、御影様に雇われている者です……」

それだけ言ってその場を逃げ出す。だが、反対側の壁際に行けば、また別の男が声をかけてくる。同じことを答えては逃げ、また誰かにつかまりまた逃げる。そんな繰り返しに疲れて蓮は主である御影に断ることもなく庭へと逃げ出した。

灯りをともしている庭もまた充分に明るく、初夏の今は外のほうが心地よいせいか多くの人が出てきて歓談をしている。そんな中、蓮は垣根の隅にでも隠れてじっとしていようと思っていた。

ところが、茂みに入ろうとしたとき、いきなり誰かに二の腕をつかまれた。ハッとして振り返ると、そこには見知らぬ男がいた。日本人ではない。赤い髪と灰色がかった目の色をしている。その男が蓮を茂みから引っ張り出して訊く。

「君の名前は？　なぜ夜会から逃げ出そうとしているんだ？」

英語の質問に蓮もまた英語で答える。

「人の多さに酔ったのです。一人になりたくて……」

「それは偶然だな。わたしも同じだ。では、一緒に人のいない場所に行こうか」

それが情事の誘いだということは蓮も知っていた。市川の屋敷で開かれた夜会でも、そんな会話は扉の向こうで何度も聞いたことがある。子どもの頃はどういう意味か知らなかったが、成長するうちに学校の友人がその意味を教えてくれたのだ。

だが、今の蓮はそんな誘いを受ける気はない。懸命に男の手を振り払おうとしていると、向こうから御影がやってきた。蓮は咄嗟《とっさ》に彼の名前を呼んで駆けていく。本意ではなかったが、彼の背に隠れると、蓮は大きな盾の後ろに回ったように安堵の吐息を漏らしていた。

「うちの者が何か？」

「い、いや、気分が悪そうだったので、介抱してやろうかと思っただけだ。だが、主がいるなら案ずるまでもないな」

いささか気まずそうな表情でそう言うと、赤毛の男は去っていった。蓮はおずおずと顔を上げて御影を見る。

「あ、ありがとうござ……」

礼を言う前に、頬を軽く平手で打たれた。あまりにも咄嗟のことにポカンとする蓮に御影が言う。

「わたしのそばを離れるな。そばにいれば守ってやれる。だから、手の届かないところへ行くな」

しばし呆然《ぼうぜん》としていた蓮だが、すぐに頷く。人混みから逃げなければと思っていたけれど、それがかえって人目を引いて自らの隙を晒してしまうのだとわかった。

だったら、ずっと御影のそばにいたほうがいい。そうすれば、誰に声をかけられようと御影がそんな連中を追い払ってくれるから。

蓮をこんな状況に追い込んでいるのは御影自身なのに、今の自分が縋《すが》れるのは御影しかいない。そんな状況に甘んじていいものかどうか少し考えてから、それでも心細さから蓮が彼の二の腕に自ら手を伸ばそうとしたときだった。

「おや、そこにいるのは……」

どこかで聞いたことのある声がして、今度こそ蓮の体は氷水に放り込まれたように硬直した。

すると、男が笑みを含んだ声で言葉を続ける。

「ああ、間違いない。蓮だな？　そうか、横浜にいたのか。どうりで東京中を探しても見つからなかったはずだ」

蓮はその男の姿を見たくなくて、じっと俯いたまま御影の二の腕の後ろに隠れていた。違っていてほしい。あの男でなければいい。そんな希望が聞き覚えのある声でボロボロと崩れていく。その途端、蓮の体は恐怖でブルブルと震え始める。

「さぁ、隠れていないで、出ておいで。おまえの顔がよく見たい」

そう言いながら、男は近づいてくるなり蓮の肩に手を伸ばそうとする。たとえ指先であっても触れられたくない蓮は、大きく身を引いて御影からも体を離そうとした。だが、情けないほどに全身が恐怖で硬直していて、足元までが危うかった。

震える膝が崩れその場にしゃがみ込みそうになった瞬間、御影が振り向いてその体をしっかりと支え立ち上がらせてくれる。そればかりか、思わぬ強い力で抱き締められて蓮は息を呑んだ。そして、目の前の男に向かって御影がきっぱりと言う。

「この子はうちの書生なので、勝手な真似をされては困るんですよ」

その言葉で守られている自分を感じ、蓮は大きく深呼吸をする。それでも、まだ目を見開いて男の顔を直視することはできなかった。それほどに蓮はその男が怖い。すると、男は腹の底から響くような声色で訊く。

「おまえは何者だ？」

「御影といいます。横浜で『極東貿易商会《きょくとうぼうえきしょうかい》』を経営しています」

御影は臆することなく、己の身分を口にした。

「御影か。確か、ドイツ人との間に生まれた男だったな？」

「ええ、そうです。で、あなたは大陸の利権を亡くなった友人から奪い取った武器商人の谷崎《たにざき》さんでしたっけ？」

その言葉に誰よりも先に反応したのは蓮だった。

（ああ、やっぱり……）

その名前を聞いた以上、もうきつく目を閉じていても仕方がない。蓮は現実を見極めるためにそっと目を開いた。そして、自分を抱き締めている御影の腕の向こうに立っている男の姿を、はっきりとこの目で確認した。間違いない。そこにいるのは、蓮がけっして会いたくないと願っていたあの男だった。

谷崎洋二郎《ようじろう》は大陸との取引を中心に手広く商売をしており、異国から輸入した品を百貨店に納めたり、自ら経営する製糸工場で生産した生糸を輸出する「谷崎商会」の代表だ。だが、それはあくまでも彼の表の顔であり、それ以上に多大な利益を上げているのは、御影が言ったとおり裏で行っている軍を相手にした武器の取引による商売だった。

それも、彼の場合は敵対する国同士であっても、その双方に武器を売り渡す。つまりは、中国の反日組織に対しても日本陸軍にも同じように銃を売るような男なのだ。

生前の父親はそんな谷崎の本性を知らなかった。善良でむしろ面倒見のいい男だと信じて疑わずにつき合っていたのだ。だから、蓮も両親の死後に、谷崎が差し伸べてくれた救いの手を疑うことなく握り締めた。父が信頼してつき合っていた男に怪しげな裏があるなどと、十六の世間知らずの少年が気づく由《よし》もなかった。

だが、谷崎は「死の商人」であったばかりか、歪《ゆが》んだ性癖を持つ男でもあった。そんな男の性欲の玩具にされながら、蓮は苦渋の一年を過ごしたのだ。

そこからようやく逃げ出してきたというのに、こんな形で再会するとは思ってもいなかった。いや、案じてはいたけれど、現実に起こった今どうしたらいいのかわからず、蓮はまるで蛇に睨《にら》まれた蛙のようにただ震えているばかりだった。

谷崎は御影の後ろで青ざめる蓮を見ると、夜会服の襟を軽く直しながらゆっくりとこちらに近づいてくる。すでに四十代も後半になると思うが、長身の背筋はしっかりと伸びていて肌艶《はだつや》もいい。目は商売人のそれらしく抜け目がなく鋭い。だが、狡猾《こうかつ》な雰囲気をあらわにするときと、人の好さそうな物腰の柔らかさをうまく使い分けることができる男だ。

そして、今の彼は前者で、不敵な笑みを浮かべて御影と蓮を交互に見ていた。

「亡くなった友人との関係について、何か聞き捨てならないことを口にしたようだが、若造の戯言《たわごと》として聞き流しておこう。それより、その子をこちらに渡してもらおうか」

谷崎の言葉に蓮がより緊張を強くして、唇を噛み締める。

「お断りします。さっきも言ったように、彼はわたしの書生だ」

御影の言葉に谷崎がわざとらしく噴き出す。

「書生? 蓮、おまえもずいぶんと知恵が回るようになったもんだ。わたしが引き取ったばかりの頃は世間のことなど右も左もわからない子どもだったのに、少しは自分の力で生きていくことを覚えたか?」

「引き取った?」

谷崎の言葉に御影がその意味を確認するように訊いた。

「そうだ。蓮の父親は大陸で漢方薬や青磁などを買って日本に入れていたが、向こうで反日の暴動に巻き込まれて亡くなった。その後、心労で母親も夫のあとを追うように逝ってしまったので、わたしが蓮を引き取って育てていたんだよ」

「そうなのか?」

そうだけれど、それだけじゃない。簡単に説明できる事情でもなく、蓮はひたすら唇を噛み締めていることしかできない。

「そうだろう、蓮？　おまえを引き取って、学校にも通わせてやった。ほしいものはなんでも買い与えて、わが子のように大切に育ててやったじゃないか。おまえもわたしのことを『おじ様』と呼んで慕っていてくれたんじゃないのか」

最後の一言を聞いたとき、御影の眉がはっきりと持ち上がったのがわかった。

「では、『おじ様』というのは……」

御影が蓮にたずねようとしたが、二人の会話を遮《さえぎ》るように谷崎が言葉を続ける。

「それなのに、ある日突然屋敷を飛び出してしまって、どれほどその身を案じていたか。それこそ東京中を探し回らせたのに、おまえは学校も辞《や》めて完全に姿を消してしまった」

「う、嘘だっ。案じてなんかいなかったくせにっ」

「案じていたとも。おまえがいなくなって、わたしの屋敷は火が消えたように寂しくなってしまった。だが、やっと見つけた。本当を言うと、今夜の夜会は乗り気ではなかったんだ。たかだか英国大使館職員など歓迎もしていないし、横浜くんだりまでやってくる気もなかったが、まさかこんな場所でおまえに会えるとはね。亡くなった父上のお導きかな」

「ち、父のことをそんなふうに口にするなっ」

蓮が震える声で反論する。すると、谷崎はまるで聞き分けのない子どもを諭すように言う。

「さぁ、こっちへきなさい。見つけたかぎりはおまえを横浜に置いておくわけにはいかない。今夜のうちにわたしと一緒に東京に戻るんだ」

絶対にいやだ。蓮は懸命に首を横に振る。この男のところに戻ったら、また地獄が待っている。嬲られ貶《おとし》められて、恥辱に泣き叫ぶ日々を送ることになるのだ。

「蓮、わがままがすぎると、親代わりの身として叱らなければならなくなる。わたしはおまえが可愛いんだよ。だから、素直になって一緒にきなさい」

そう言うと、谷崎は手招きをして蓮を呼ぶ。もう逃げられないのだろうか。あの地獄へ戻るしかないのだろうか。蓮は絶望に眩暈《めまい》を覚え、今にも気が遠くなりそうだった。だが、そんな蓮の体を抱き締めていた御影が蓮の耳元でたずねる。

「おまえは帰りたいのか?」

絶対にいやだと蓮は小さく首を横に振る。今にも泣き出してしまいそうで、御影の腕をしっかりとつかむ。すると、御影は蓮を自分の背中に回すようにして谷崎に対峙した。

「何をコソコソ話しているのか知らんが、おまえが飼っているその子は……」

「飼っているわけじゃない。この子はうちの書生と言ったでしょう。自分の道を探しているので、わたしはわずかなりともその手助けをしているだけですよ。才能ある若者を援助するのは、欧米では当たり前のことですからね」

その堂々とした御影の態度が谷崎の感情を逆撫でしたらしい。谷崎はあからさまに不機嫌そうな表情になって言う。

「確か、おまえのところは父親の代からの商売だったな。だったら言っておくが、商売の世界で二代目などなんの意味もないぞ。商才がなければ一日で一文無しになる。おまえも人の世話などしていると、そのうち誰かに足をすくわれる」

「誰かというのは、あなたということですか？」

「それもあり得るな。ただし、態度次第だ。その子を寄こせばいい。もともとはわたしのものだ。そうすれば、横浜の『極東貿易商会』には手は出さん。だが……」

「蓮が以前どこで何をしていたのかは知りませんが、今はわたしの屋敷の人間です。どんな条件だろうと、渡す気はありませんよ。この子が自分の意思であなたのところへ戻ると言わないかぎりはね」

　御影はそう言うと、振り返って蓮の肩を抱き邸内へと戻ろうとする。蓮の体の震えはまだ止まらない。そして、その背後から谷崎がもう一度声をかける。

「蓮、おまえを手放したつもりはない。わたしはほしいものは必ず手に入れる。どんな手段を使ってもな。そのことはおまえも知っているだろう」

　知っているからこそ怖い。そして、その声色に怒りがこもっていることもわかる。今すぐ駆け寄って目の前で心から詫びれば、いくらかでもその怒りがおさまるだろうか。そんなことをしてもどうにもならないとわかっているのに、一瞬蓮は振り返りそうになる。

だが、そんな蓮の肩を御影が強くつかんで、振り向くなと合図をして寄こす。

「大丈夫だ。わたしがいる。おまえのことは守ってやるから、心配しなくていい」

そう言った御影の声もいつになく緊張していた。どんな相手であろうと物怖じすることもなく、自分のやり方を崩さない男なのに、さすがに谷崎の前ではいくぶん気圧《けお》されるものがあったのかもしれない。それほどに、谷崎の存在感は大きい。

久しぶりに会って、蓮もまたあの男の強さと大きさに圧倒され、目の前にひれ伏してしまいそうになった。

（でも、もういやだ……っ）

思い出しても惨めな日々は、もう二度と繰り返したくはない。けれど、本当に御影に縋っていいのかもわからない。ただ、今この震える体を抱き締めてくれるのは御影だけで、蓮はスミス邸を出て車に乗り込むまでずっと彼の二の腕から手を離すことができなかった。

◆◆

夜会を早々に引き上げてきた御影《みかげ》と蓮《れん》を見て、出迎えた村上《むらかみ》が慌てていた。蓮が何か粗相《そそう》でもしたのかと思ったらしい。だが、そうではないと知ると安堵《あんど》したものの、緊張した二人の様子に何か異変を感じていたようだ。

御影は詳しいことは何も言わず蓮を自分の寝室に連れていき、村上には今夜はもう下がっていいと告げた。

「さて、どういうことか聞かせてもらおうか」

御影の部屋で二人きりになると、当然のようにそう切り出された。もう隠しているわけにはいかないことはわかっている。ただ、どんなふうに説明したらいいのかがわからないだけだ。

ベッドを横にして向かい合ったソファに座りながら、蓮が頭の中を整理している間に御影は自らブランデーグラスを用意して、タンブラーから琥珀《こはく》色の液体をそそぐ。そして、蓮の言葉を待ちきれずに言った。

「市川《いちかわ》といえば、『中同貿易』を興した市川倫造《りんぞう》氏のことで間違いないのか？　谷崎《たにざき》が言っていたように、大陸との取引で大きな収益を上げていたはずだ。だが、市川氏が大陸の暴動に巻き込まれて亡くなってから、会社は倒産して一族も離散したと聞いていたが……」

「市川倫造は父です。父が亡くなったのは、ちょうど大陸に新しい支社を作るために多額の借金をしたばかりのときでした。その借金の肩代わりを恐れて一族は誰もが離れてしまい、母親もまた心労で倒れまもなく逝《い》ってしまいました。当時のわたしはまだ十六で、世間知らずの子どもだったうえ頼る者もおらず、生きていくことさえ難しかったのです」

「それで、谷崎に頼ったということか？」

「あの男は父の生前からよく市川の屋敷に出入りしていました。同じように大陸との商売をしていたからです。当時は日本から生糸を細々と輸出して、中国からは茶を輸入していました。もちろん、裏では武器を売りさばいていたなんて知らずに、父は谷崎に目をかけてやっていたんです」

両親を失い窮地に陥った蓮に救いの手を差し伸べたとき、谷崎はよく面倒を見てくれた父への恩返しだと言った。それならば、他人であっても甘えてもいいのかもしれないと思ったのだ。

だが、実際は違った。最初の頃こそこれまでどおり学校に通わせてくれて、必要なものはなんでも買い与えてくれた。屋敷での生活も何不自由なく、過分な扱いに蓮が恐縮すると、谷崎は自分のことを「おじ様」と呼んでくれればそれだけでいいと言った。家族を持たない谷崎は、蓮が屋敷にきてまるで息子ができたようで嬉しいのだと優しく微笑《ほほえ》んだ。

すっかり谷崎に心を許した蓮もまた、亡くした父を慕うように谷崎を慕いつつ勉強に励んだ。いつかは市川の家を再建して、谷崎に受けた恩も返さなければならないと思っていたからだ。

「けれど、あの男の本当の目的は違ったんです。あの男は……」

そこまで言いかけて、蓮はまた口ごもる。あのことを言葉にするのは辛《つら》すぎる。だが、御影は自分には知る権利があるとばかり蓮に先を促《うなが》す。

「あの男の本当の目的は、わたし自身でした」

それだけ言うと、蓮は自分の両手で顔を覆《おお》う。思い出したくないことが次々に蘇《よみがえ》ってくる。羞恥や屈辱、そして絶望が入り交じってこの首を絞めてくるような苦しさに襲われる。

「あの男に抱かれていたのか？　わたしが抱いたとき、薬で朦朧《もうろう》としながら呼んだ『おじ様』というのはあの男のことか？」

そう呼ぶように言われたからだ。抱かれるようになって、蓮はいっときあの男をそう呼ぶまいと拒《こば》んだこともあった。だが、逆らえば恐ろしい仕置きが待っていた。心などどうでもいいと思っている男だから、この体を嬲《なぶ》ることにはいっさいの容赦がなかった。

性的な目覚めが遅かった蓮にとってそれは悲鳴を上げてのた打ち回るような仕打ちだった。が、気がつけば、谷崎の屋敷の中で虜《とりこ》のような生活を送る蓮に逃げ出す道はなかった。

学校へ行くときは送り迎えがつき、それ以外は屋敷に監禁されているも同然だった。勝手に出かけることなどもっての外《ほか》で、友人に会いにいくことすら許されなかった。毎晩のように陵《りよう》辱《じよく》は続き、谷崎の異常な性癖は蓮をどこまでも苦しめた。

ただ抱かれるだけでも辛い。けれど、谷崎はそれだけでは満足しない。さんざんいたぶって、泣き叫ぶ蓮の顔を見て喜んだ。羞恥のあまり許しを懇願する蓮に興奮する。縛られて、打たれて、怪しげな道具を使い、蓮の体は夜毎もてあそばれ傷ついていった。

学校に行っても、もう自分の見ている世界は友人たちの見ている世界とは違う。蓮にあるのはどこまでいってもどんなに学んでも、谷崎の慰み者という人生だった。

だが、あの頃のすべてを赤裸々に語ることはできない。蓮は言葉を濁しながら、谷崎の相手をさせられていたことを御影に告げた。そして、それに耐えきれずに屋敷を逃げ出してきたのだと話した。

「ずいぶんとおまえに執心の様子だったが、よく逃げ出せたものだな」

「ちょうど事件があったので、それに乗じて屋敷を出たあとその足で横浜《よこはま》にきました」

「事件というと?」

「シーメンス事件です」

蓮が言うと、御影はなるほどと納得したように胸の前で腕を組む。

シーメンス事件とは、ドイツのシーメンス社と日本海軍の高官の癒着に関する疑惑であり、今年の一月に賄賂《わいろ》の事実が発覚したことで世間を騒がす大問題に発展した。海軍の内部腐敗が民衆の攻撃の対象となり、同時に軍需品を取り扱う代理店にも非難の声は集まった。

その頃海軍とも密接な関係にあった谷崎もまた贈賄を疑われた一人で、あちらこちらで起きていた暴動の波が屋敷にまで押し寄せてきたことがあった。

慌てて右往左往する使用人たちの目を盗み、谷崎が留守の合間に蓮は騒ぎに乗じて屋敷から逃げ出した。いつかこんな屋敷から逃げ出すためにと用意していた身の回りのものだけを持って、裏口から駆け出したときは行くあてなどもちろんなかった。

そのとき持っていたのは、父親の形見の懐中時計、シュタイナーの紹介状、わずかな着替えと金だけだった。一晩中歩いて逃げてきた横浜は、幼少の頃両親に連れられてきたことのある街だ。異国人が多くいて、少し不思議で怖い街だった。でも、今の自分が逃げ込むには相応《ふさわ》しい街だと思った。

　英語とドイツ語ができれば何か仕事があるかもしれない。そんな希望を抱いていたが、現実はそれほど甘くなかった。蓮の容貌《ようぼう》も仕事を得るには足を引っ張っていたと思う。

『どこのお坊ちゃんか知らないが、うちは異国の言葉より力のある者でないとね』

『英語ができるなら、外国人の客引きができるかい？　いい女がいるって売り込むんだよ』

　力仕事と下世話な仕事ならあった。けれど、世間知らずで非力な蓮には難しいものばかりだった。そんなとき、幼い頃に横浜に滞在していた際、使っていた屋敷のそばの八百屋の息子とばったり再会した。彼は蓮と同じ歳《とし》で、よく横浜の屋敷の庭で一緒に遊んだ仲だった。

　今では八百屋を継いでいる彼は蓮のおおよその事情を知ると、自分が出入りしている御影の屋敷を紹介してやると言ってくれた。半信半疑でいたものの、連れられてきた御影の屋敷で村上に面談を受け、シュタイナーからの紹介状を見せると、異国の言葉ができるということで雇ってもらうことができたのだ。

「それがすべてか？」

　御影は蓮の話を聞いて、そう確認してきた。

「そうです……」

　すべてではないが、それ以上のことは御影に言うことではない。言いたくないし、言ってどうなるものでもないと思っていたから。

するど、御影はグラスのブランデーを飲み干して、蓮のすぐそばにやってくる。

「前にも言ったはずだ。わたしは慈悲深い主《あるじ》であるつもりはない。使用人にそんなふうに思われようなどと考えていない。谷崎とわたしは違うが、ある意味では同じだ。だから、おまえの嘘を許すつもりはない」

その言葉に蓮はハッとする。御影は自分を救ったのではなく、あの場で谷崎に蓮を差し出さなかったのは、単に彼の意地だったのかもしれない。だが、彼は商人だ。かけひきをして日々を生きている人間なのだ。もし、蓮を谷崎に引き渡すほうが利益になるなら、ためらわずそうすることができるということだろう。

追い詰められた蓮は、深く頭を下げて懇願するしかなかった。

「お願いします。ここに置いてください。谷崎のところには帰さないでください」

「本気でそう思っているのか？」

「わたしにはもうどこにも行くところはないのです。お願いします。このとおりです」

惨《みじ》めな思いは何度も味わってきた。だから、ここで頭を下げるくらいなんでもない。だが、谷崎と同じように御影もまた厳しい男だった。ときおり見せてくれる優しさや温もりに、甘えるわけにはいかないことはわかっていたはずだ。なのに、彼の何に縋《すが》ろうとしていたのだろう。

後悔する前に御影が言った。

「服を脱いでベッドに行きなさい」

その声色から御影のいつにない不機嫌さが伝わってきて、蓮は自分が誤った選択をしたのではないかと怯《おび》えた。

「ど、どうして……？」

ここのところ蓮を抱くことはなかったのに、どうしていきなりそんなことを言うのだろう。

「あの男には抱かれていたのだろう。『おじ様』があの男か。許しを請うほどの真似をされていたのか。どれほど淫《みだ》らなことをされていたのか、おまえの口は語らなかった。どうせ訊《き》いても答えないだろう。だったら、体に訊いてやる」

そのとき、御影の目がいつもと違うことに気がついた。それは、まるで谷崎が蓮を抱いていたときにも似ていて、淫靡《いんび》で暗い何かが宿っているように見えた。

「い、いやだ……っ」

谷崎に強いられた屈辱の数々を思い出した蓮は思わずソファから立ち上がり、部屋から逃げ出そうとした。だが、それを許してくれる御影ではない。ましてや、今夜はいつもの彼ではなかった。すぐさま蓮をつかまえてベッドのところまで引きずり戻すと、いつもの彼とは違う冷淡な声色で言った。

「逃げられるとでも？　どうしても逃げるなら、谷崎のところへ帰してやろうか？　ただで帰してなどやるものか。どうせなら思いっきり高く吹っかけてやる。奴はどうやらとんでもなくおまえに執心しているらしいからな」

その言葉に蓮は本気で震え上がった。それだけは勘弁してほしい。そんなことになったら、本当に生きていくことさえ辛くなる。

「や、やめてっ。あの男のところはいやだ。お願いっ。なんでもしますから、それだけはやめてください……っ」

気がつけば蓮は涙をこぼして御影の足元に縋っていた。そんな姿を見ても御影の冷たい声は変わらなかった。裸になってベッドに上がり、抱かれる準備をしろと言う。

「もう知らないとは言わせないぞ。男に抱かれることを知り尽くした体なのだろう。さんざんミサギのような男娼と遊んでおきながら、おまえの下手な芝居に騙《だま》されそうになったわたしもお目出度《めでた》いものだな」

だとしたら、騙された御影が悪いと言いたいけれど、今の蓮はそんな悪態をつくこともできなかった。

ゆっくりと立ち上がりベッドの前で身につけていたものを脱いでいく。どこまでいってもこんな運命から逃れられないのかと思うと、何もかもがいやになる。この先も生きていて、自分に幸せなどあるのだろうか。

（幸せなんかいらない……）

ほしいのは平穏だ。穏やかな毎日の中で明日を、そして将来を見つけていけたらと願っていたのに、どこにいても自分の目の前にあるのは同じような絶望だ。

ベッドに上がろうとしたとき、背中から御影が覆い被さってきたかと思うと、蓮の両腕を後ろに回させていつの間にか抜き取っていた自分のアスコットタイで縛り上げる。

「い、いやっ。縛らないでっ。それはしないで。なんでもするから、それだけはいやっ」

自分の立場を忘れて蓮は叫んだ。同時に身を捩《よじ》って懸命に訴えるが、彼の手は止まらない。

「黙れっ。ずいぶんとあの男に可愛《かわい》がられていたんだろう。全部話してみろ。どうしても拒むなら、もう一度あの薬を飲ませてやる」

薬というのは、シュタイナーにもらってきたものだ。あれを飲まされて、蓮は前後不覚になって自分でも思わぬことを口走ってしまった。記憶にないまま、己の恥辱にまみれた過去を口にするのはもっと怖い。

「薬はいやです。それはやめて……っ」

「縛るのはいいや、薬はいや。あれもこれもいやだと、どこまでわがままが通ると思っているんだ？　おまえは何者でもない。わたしの手で捻《ひね》り潰《つぶ》してやれる程度の存在だ。あるいは、わたしがしなくても、あの男がするだろう。おまえには逃げ道がないということだ」

わかっていたけれど、それを言葉にしてはっきりと告げられたとき蓮の心はポキリと音を立てたように折れた。

（深鷺《みさぎ》の言っていたとおりだ……）

彼に同情したり、彼の強がりを哀れむなんてどこまで自分は驕《おご》っていたんだろう。むしろ自分のほうが深鷺以上に惨めな存在だったのだ。

深鷺はときにはあさはかな振る舞いをしても、己のするべきことを知っていた。自分で稼いで貧しい家族を食べさせていかなければならなかったのだ。それに比べて、蓮は自分一人の面倒さえ見ることができずにいる。どちらが偉いかなんて、いまさら考えるまでもない。

蓮はいよいよ打ちのめされてベッドの上で涙を流し続けた。そんな蓮に御影がたずねる。

「あの男に何をされた？ なぜそれほどにあの男に怯える？ 全部話してみろ。何もかも隠さず話すんだ。おまえが生き延びる道はそれしかない。わかるか？」

嗚咽《おえつ》を漏らして蓮はいつしか何度も頷《うなず》いていた。もう誰に縋るのが正しいのか、判断ができないでいた。ただ、御影はあの男ほどの無体を強いることがなかったというだけで、蓮の心は崩れていく。

谷崎のもとで味わった地獄以上のものがここにあるのだろうか。あるような気もするし、ないような気もする。ただ、縛られた両手の痛みに絶望がひしひしと押し寄せてくる。

そして、長く暗い夜、蓮の心の中で何かが弾けて壊れた。それは、心の奥に大切に隠し持っていた何かだった。けれど、壊れたものはもう元に戻ることはない。自分の心も体ももう二度と元どおりになることはないのだと思った。

薬は使わずにいてくれた。けれど、違うものを与えられた。水パイプを使って、煙を吸い込むように言われたのだ。おそらく阿片《あへん》だろう。大陸の者がよく使っているのは知っていたし、横浜の中国人街でも路地裏で吸っている人を見かけたことがある。

なんでもとても心地がよくなって、面倒なことなどどうでもよくなるらしい。

最初のうちはうまく煙を吸い込めずに、怖くて何度もむせた。だが、何度か繰り返すうちに意識が朦朧としてきて、蓮はこの世ではないどこかを彷徨《さまよ》っているような心持ちになった。同時に、会いたくもなかった男に再会したことも明確に脳裏の中で蘇ってきた。

「あの男に抱かれていたのか?」

誰かがたずねるから、蓮は悔しさに唇を噛み締めながらも頷いた。

「何をされたんだ?　どんな目に遭わされた?」

答えたくないから蓮は首を横に振る。それでも、遠くから聞こえる声は答えろと蓮を促す。どうしても答えなければならないなら、その前に思い出さなければならない。蓮は懸命に記憶の奥に封じ込めてきた過去を呼び戻す。

「おじ様は……」

最初は優しかったのだ。父と懇意にしていて、蓮とも面識があった。当時父が亡くなり、母が逝き、借金の額に恐れをなすようにして親族が去っていき、屋敷は差し押さえにあって、明日からどうすればいいのかわからなかった。

そんなとき、たった一人手を差し伸べてくれた谷崎に迷うことなく縋ってしまった。自分が子どもの頃から市川の屋敷に顔を出していた彼は、いつも蓮に優しかった。街で流行《はや》っているものを買ってきてくれたり、世間の噂話を聞かせてくれたりもして、蓮にとっては心許せる相手だったのだ。

なのに、彼の屋敷に引き取られて数ヶ月もしない頃だった。なぜか夜更けに谷崎の寝室に呼び出され、すでに寝床に入るところだった蓮は着替える間もなく使用人に連れられていった。

『おじ様、何かご用でしょうか？　このような格好で申し訳ないのですが……』

恐縮する蓮をいつもの笑顔で呼び寄せると、谷崎はその手で髪に触れ、頬《ほお》を撫で、唇に指を滑り込ませようとした。どういうことかわからずに蓮が身を引こうとしても、その夜の谷崎はいつもの優しい「おじ様」ではなかった。

『さぁ、おいで。おまえを存分に味わいたいんだよ。まずは裸になって体の隅々まで見せてごらん』

一瞬、何を言われているのかわからなかった。なぜ着ているものを脱がなければならないのか、そして裸を谷崎に見せなければならないのか、その意味を考えて蓮はしばし呆然《ぼうぜん》とその場に立ち尽くしていた。

すると、谷崎は自らの手で蓮の寝間着を脱がせようとする。蓮は戸惑いながら理由をたずねようとしたが、後ろを向くように言われて体を隠したい気持ちもありそれに従ってしまった。

『両手を後ろで揃えるんだ』

奇妙に思いながらも、言われたとおりにした。そのときはまだ谷崎という男を信じていたから。だが次の瞬間、蓮の両手は何かで縛られて自由が奪われてしまった。怯えるように振り返った蓮が見たのは、淫靡な笑みを浮かべた谷崎の顔だった。それは、もう「優しいおじ様」の顔ではないと気づいても遅かった。後ろ手に縛られた蓮は部屋から逃げ出すこともままならない。

『この白い肌と愛らしい顔、人形のようにほっそりとした体に、疑うことを知らない素直な心。何もかもがわたしの心を妖しくかき乱す。おまえを手に入れて抱ける日がくるとは思っていなかったよ』

そう言ったかと思うと、谷崎は己の歪《ゆが》んだ性欲を蓮の体を使って満たそうとして抱き締めてきた。怯えた蓮が泣き出すと、谷崎の表情はさらに喜びに輝いた。

『ああ、いいよ。もっと泣いてごらん。おまえのそういう声が聞きたかったんだよ』

泣けば谷崎が喜ぶとわかり蓮が唇を嚙《か》み締めていると、今度はいきなりベッドの上でうつ伏せにされて何度も尻を平手で打たれた。

それでもまだ最初のうちはもしかしたら自分が何か悪いことをしたから、こんなふうに叱《しか》られているのかと思った。だが、蓮には思い当たることがなかったし、間もなく十七歳になるのに尻を打たれるのも、そのために裸にされるのも奇妙すぎる。

何度も打たれているうちに、やがて辛抱ができなくなり、蓮は怯えた嗚咽交じりの声で許しを請う。とにかく、こんなことはやめてほしい。何かいけないところがあるならすぐにでも直すし、谷崎の機嫌を損ねるようなことをしたのなら謝るからと何度も訴えた。

それでも、谷崎はけっして蓮の体を自由にしてはくれなかった。それどころか、ようやく打つのをやめたかと思うと、今度は縛られて身動きのできない蓮の体を隅々まで観察しては手で触れて回り、やがてはあちらこちらに舌を這《は》わせてきた。

気持ちが悪いし、恐ろしい。いったい、自分はどうなるのだろう。ひたすら不安に怯える蓮だったが、谷崎はすっかり興奮して自らも身につけていたものを脱ぎ捨てていた。

『おじ様、お願いします。どうか、正気になってください。こんなことはいや……』

うつ伏せたまま尻だけを高く上げさせられてそこを開かれたとき、蓮にももうはっきりと谷崎の目的がわかった。性的なことには奥手だったが、学校では密かに同性同士で恋愛ごとを楽しんでいる連中がいることも知っていた。それに、彼らがどこを使ってどんなふうに互いを愛し合うのか、先輩からこっそりと聞かされたことがある。

蓮に恋文を寄こす上級生や同級生は大勢いたが、先輩から聞かされたその話が信じられなくて、とうてい同性からの思いを受け入れることができなかった。

それなのに、信頼していた谷崎がその行為を強いようとしている。こんなにも許しを請うているのに、聞き入れてもくれない。恐ろしくて今度こそ蓮は声のかぎり泣き叫んだ。この声を聞いて、誰か屋敷の者が駆けつけてくれればいい。そう願っていたのに、使用人はみなこうなることを知っていたかのように誰も助けにきてはくれなかった。

初めてそこに谷崎自身を受け入れたとき、蓮の体は痛みと絶望に引き裂かれるようだった。谷崎もまた思っていた以上に狭く硬いそこで楽しむことができなかったのか、舌打ちをしてすぐに自分自身を引き抜いた。

『どうやらすぐには使えそうにもないな』

そう言うと、その夜は蓮の足の間を使って果てた。それでも蓮にとっては充分に心が打ちのめされる出来事だった。だが、それらはすべて地獄への入り口でしかなかったのだ。

一度化けの皮を脱いでしまえば、谷崎はもう「優しいおじ様」を演じることはなかった。狡猾で残酷な雄になって、毎晩のように蓮の体で欲望を満たす恐ろしい男となった。

蓮の後ろが受け入れることに慣れていないとわかると、翌晩からは道具を使ってそこを開かせようとした。もちろん、それは後ろを慣らすだけでなく、蓮が羞恥で身悶《みもだ》えるのを見て楽しむためでもある。谷崎は蓮が恥辱に泣き叫ぶほどに興奮して、さらに無体なことを強いてくる。

縛って体の自由を奪うのも、屈辱的な格好にさせて打ち据えるのも、すべては谷崎の歪んだ性癖故のことだった。やがて、縛っても打っても蓮が唇を噛み締めて泣かなくなると、別の方法で蓮を泣かせようとする。

谷崎を喜ばせたくない一心で泣くのをこらえるようになった蓮は、ある夜寝室のバルコニーに連れ出された。寒い冬の日に震える蓮を裸にして柱に縛りつけると、自分は温かい部屋の中からそれを眺めている。

広い庭に囲まれてはいても、誰かに見られるのではないかと思うと羞恥のあまり狂いそうだった。おまけに、寒さに体が凍えてやがて蓮はいつものように許しを請う羽目になった。ときには、蓮の首に犬の首輪をつけて、四つに這わせたまま屋敷中を連れまわした。少しでも蓮が抵抗すると、このまま庭に出してやろうかと脅される。屋敷の使用人たちは誰もが身を潜めていて、そんな様子を盗み見ているだけだった。

谷崎は金払いはいいが、機嫌を損ねるような真似をすればすぐに暇を出す。使用人の代わりなどいくらでもいると思っているのだ。また、使用人たちもこれほど給金のいいところは他にはないと知っているので、主人の奇妙な趣味に目をつぶるくらいはなんでもないことだった。

谷崎が屋敷にいるかぎり、蓮に安らぎのときはなかった。それでも、谷崎は蓮に「おじ様」と呼ばせ続けて、世間では面倒見のいいふりをしている。こんな男を「おじ様」などと親しみをこめて呼びたくなくて、口を利かずにいようとしたときもある。

だが、蓮の頑《かたく》なな態度に対する仕置きは最悪の形でやってきた。谷崎は知り合いの写真館から写真技師を呼びつけ、蓮の姿を撮影させたのだ。盛装での記念写真ではない。裸で縛られたままベッドであられもない姿を晒し、後ろには張り形を銜《くわ》えさせられて泣き崩れる姿を何枚も撮られた。

谷崎以外の人間に無様で淫らな姿を見られたことも耐えがたかったが、写真という形で残されたのはあまりにも絶望的だった。

その写真は蓮が反抗的な態度を取ると、きまって引き出しの奥から取り出して見せられる。そして、もっと恥ずかしい姿を撮ってやってもいいと言って蓮の心を打ちのめすのだ。

『おじ様、悪いことをした僕を縛ってください』

『おじ様、どうかお尻を打ってください』

『おじ様、後ろに入れて可愛がってください』

どれもこれも谷崎に何度も言わされた言葉だ。蓮は自ら望んだこととして縛られ、打たれ、谷崎自身を受け入れる。そして、最後にはまた別の言葉を口にさせられる。

『おじ様、堪忍してください』

『おじ様、いい子になりますから、許してください』

馬鹿馬鹿しい茶番だが、それをしなければ蓮の体は解放されることがない。逆らえば蓮が想像している以上に辛く残酷な仕置きが待っている。何度も何度もそんな惨めな思いをして、蓮は魂の抜けた人形のように従順になっていった。

けれど、心の奥深くではいつかこの地獄のような檻《おり》から逃げ出そうと己に誓っていた。当時、シーメンス事件の波紋があんな形で谷崎の屋敷にまで及んだのは思いがけない出来事だったが、まさに蓮が望んでいた状況だったのだ。

谷崎の屋敷を飛び出してからのことは、何も隠していない。さっき御影に話したとおりで、ここは蓮にとってようやく見つけた都合のいい隠れ家になるはずだった。けれど、どうやらそれも甘い考えだったと今では思い知らされている。

世の中はどこまでも蓮に対して過酷だった。新たな支配者になろうとする御影が、朦朧とした蓮に問いかける。

「そんなふうに愛されてきたのか、おまえは……」

苦渋に満ちた声がして、御影がこの身を哀れんでくれたのだろうかと思った。ぼんやりした頭で考えながらうっすらと目を開くと、目の前には端正な顔を歪めている男の顔があった。

（違う。愛されていたんじゃない。この体を使われていただけ。だから、助けて……）

そう心で呟《つぶや》いた瞬間だった。御影の腕が蓮の体を抱き締める。髪の間に御影の指がすべり込んでくる。そして、唇が重なり、舌が押し込まれる。

（え……っ？）

その荒々しい動きに、蓮がハッとしたように目を見開いた。

「あの男に何もかも許してきたということか。この白い肌も長い手足も、愛くるしい顔も、未《いま》だ穢《けが》れていないのかと思ったここもここも、全部あの男のものだったのか？」

厳しい声でそう問いながら、御影の手が蓮の顔や体に触れていく。阿片のせいでうまく呂律《ろれつ》が回らない蓮は小さく喘《あえ》ぎ声を漏らすばかりだ。すると、いきなり御影の手が離れていった。汚らわしい蓮に触れるのがいやになったのならそれでいい。明日からまた外働きの使用人に戻してもらえる。それとも、この屋敷から追い出されるだろうか。

だが、御影はすぐにベッドに戻ってくると、ぐったりと力を失った蓮の体を返してうつ伏せにする。そして、後ろに回させた両手を何かで縛り上げる。

「あっ、ああ……っ。い、いや……っ。縛らないで……ぇ」

「黙れっ。谷崎には縛らせていただろう」

蓮が望んだことじゃないと言ったはずなのに、どうして御影までそんな真似をするのだろう。蓮はあの頃の恐怖を思い出しながら、身を捩って逃げようとする。それを見て御影はさらにワードローブからタイを何本か持ってくると、それらを使って蓮の左右の膝《ひざ》を折り曲げたままきつく縛ってしまう。

咄嗟《とっさ》に両膝を合わせようとしたが、御影の手がそれを許さない。大きく膝を割られると、股間が御影の目の前にさらけ出されてしまう。

「なるほど、白い肌に布が喰い込むというのもよいものだな。子どもを叱るように尻を叩くのもいいが、この柔らかそうな内腿が赤くなるまで打ち据えたり、噛みついたりしたくなる気持ちはわかる」

「い、いやだぁ……っ。しないでっ、お願いっ」

蓮が呻《うめ》くように言うと、御影が強く顎《あご》をつかんでくる。

「またあのときみたいに、『おじ様』と呼ぶか？　おまえの心も体も、まだ谷崎に支配されたままか？」

「ち、違う……っ。違います……」

「だったら、誰のものになる？」

今は御影の使用人でしかない蓮なのに、誰のものだと言わせたいというのだろう。ただ、この体を誰にあずけるのだと訊かれれば、誰にも渡したくはない。自分は自分で、こんなふうに抱かれるのはいやだ。

愛してもいない相手にもてあそばれるばかりの運命を呪いたい気持ちで、蓮は言葉もないまま首を横に振る。

「ああ、そうだったな。おまえはベッドの上では本当に強情だ。非力で無力で何も持たないくせに、けっして受け入れようとはしない。心も体も開こうとしない。そうやって怯えながら、わたしまでも拒むんだな」

なぜ、御影は怒っているのだろう。蓮は話せと言われたから話しただけだ。本当は思い出したくも、話したくもなかったのに、阿片を吸わせてまで蓮の口を割らせたのは御影自身なのだ。

「谷崎の痕跡などなくしてやりたいよ。蓮、おまえは深鷺とは違う。美しいだけじゃない。儚《はかな》げでどこまでも弱々しいくせに、壊してしまうのを承知で触れてみればなぜか壊れない。それどころか、強く触れれば強く跳ね返してくるし、優しく触れると微《かす》かに柔らかくなっていくのがわかる」

　蓮自身にはよくわからないことを話しながら、御影は手のひらでそっと内腿を撫でては指先で股間に触れていく。まるで焦《じ》らすような触れ方に、蓮はもどかしさを感じて腰を揺らす。

「とことん汚されたはずの体なのに、なお美しい。ここも、ここも、ここもだ」

　そう言ったかと思うと、突然御影の指が蓮の体の中に潜り込んできた。一本ではないことはわかった。体の中を濡らすものは何も使われていなかったから、こじ開けられる痛みと圧迫感に蓮は掠《かす》れた悲鳴を上げた。それでも、縛られている体は身悶える以外に何もできない。

「いやっ、痛いっ、抜いて……っ。抜いてください……」

「さんざん道具で慣らされていたくせに、慎みを思い出したとでもいうのか？　はしたない姿の写真まで撮られておいて、よくすました顔でいられたものだ。だったら、上の口も教え込まれているのだろう。下手くそなふりに騙されるところだったぞ」

　これまで蓮を抱いたときとは違い、今夜の御影はあきらかに苛立《いらだ》ち、何かに腹を立てている。けれど、蓮に本当のことが話せるわけもなかったと、なぜ理解してくれないのだろう。

「やめてくださいっ。だ、旦那様っ、堪忍して……。あう……っ」

「今となっては、そうやって許しを請う姿までもが淫らに映る」

　冷たく切り捨てるように言うと、御影は身動きができない蓮の股間を乱暴に嬲り、後ろの窄《すぼ》まりを激しく指でかき回した。

「ひぃ……っ。い、痛いっ、いやぁ……っ」

涙が目じりを流れ落ち、頬が濡れる。それでも御影は冷たい視線で蓮を見下ろしていた。だが、そのうちそればかりでは飽き足らないとばかり、無様な姿で横たわる蓮の髪をつかみ引き起こす。痛みに呻き声を上げても御影の手は緩まない。そのまま顔を彼の股間へと運ばれて、口を開けと命じられる。

「谷崎を喜ばせていたようにやってみろ。下手な芝居をすれば、後ろに何か大きなものをねじ込んでやる」

「そ、それはいやっ。しないでくださいっ」

どんな仕打ちも耐えがたいには違いないが、怪しげなものを体に入れられるのはいやだ。縛られるのと同じくらい、蓮はそのことに羞恥と怯えを感じてしまう。

「だったら、口でわたしを楽しませろ。深鷺以上にうまくできたら、許してやろう」

そんな自信はないが、蓮はゆっくりと口を開いて大きく屹立《きつりつ》した御影のものを飲み込む。谷崎に尻を鞭や平手で何度も打たれながら覚えさせられたことを、今は御影の許しを請うためにやるしかないのだ。

その夜、御影は蓮の口を汚し、縛ったままの体を乱暴に彼自身で抉《えぐ》り続けた。痛みと阿片で朦朧としながら、蓮はようやく逃げ出してきた地獄がまたぽっかりと口を開けて自分を待ち受けていたのだと思った。そんな蓮の耳元で御影が囁く。

「今でも谷崎はおまえをほしがっている。あの男はどんな手段を使ってでもおまえを取り返すつもりだ」

あの男のところへ返されてしまうのだろうか。どうせここも同じ地獄なら、どこにいても同じような気もする。それでも、蓮は「いやだ」と呟いて首を横に振る。あの男だけはいやだ。

御影はゆっくりと蓮の体の中を突き上げながら言う。

「おまえがそれを望まないなら、わたしのそばにいろ。もう二度と、誰にもこの体に触れさせるな。誰にもこの唇を許すな。おまえはわたしのものになればいい。そうすれば、おまえを傷つけようとするものすべてから守ってやる」

ガクガクと縛られたままの体が揺れる。守ると言いながらこんな仕打ちをする男を、どうやって信じろというのだろう。

「蓮、蓮……っ」

御影が自分の名前を呼んでいる。何度名前を呼ばれても、蓮にはわからない。この男を信じたいと思ったときもある。商館に連れていってくれて、体ではなく能力を認めてくれたと知ったときは嬉しかった。また、谷崎の前から自分を連れ出してくれたとき、彼の腕がどれほどたのもしく感じられたかわからない。

それなのに、こうして無体に抱かれてしまえば、結局は谷崎と何も変わらないと思い知らされる。

蓮は子どものように涙を流して、裸で縛られた体を震わせる。誰も自分を救ってくれないなら、自分で自分を救うしかないのだろうか。

一瞬脳裏に「死」という言葉が過《よぎ》ったとき、折り曲げるようにして開かれた体に御影が重なってきて、嗚咽を漏らす唇に自分の唇を合わせ蓮の悲鳴を吸い取っていく。泣くことも声を上げることもままならない自分に、死ぬ自由などあるわけもない。そう思った途端、蓮の体からふと力が抜ける。

(死ねないなら、いっそ誰か殺して……)

抱きたければ好きにすればいい。こんな体などなんでもない。父や母のように人はいずれ死ぬ。体が朽ち果て、魂さえもどこか知らないところへと霧散してしまうのだ。そんな儚い存在が人間ならば、何にこだわり何を恥じて、何を守ろうと思うのだろう。

暗い部屋の中に響く淫靡な己の喘ぎ声さえ、もはや彼方から聞こえる他人の呻きのようだった。この暗く長い夜が自分を呑《の》み込んでしまえばいい。そして、明日の朝、ベッドの上にあるのは蓮の姿をした魂の抜け殻に違いない。

◆◆

　朝日が部屋に差し込んでいることに気づいて、寝過ごしてしまったと思った蓮は慌てて起き上がろうとした。だが、体中の痛みに思わず呻き声を上げてまたベッドに倒れ伏した。

　いったい、自分の体に何が起きたのかと思ったが、しばらく目を閉じているうちに昨夜の出来事が順を追って脳裏に蘇ってきた。

（ああ……、そうだ。谷崎に、あの男に……）

　見つかってしまったのだ。そして、御影に屋敷へと連れ戻されて、事情を話したあと阿片を吸わされ抱かれた。

　蓮はゆっくりと起き上がってシーツをめくり、自分の体を見る。体を縛るものはもうどこにもないが、その痕は手首や膝や腿のあたりにくっきりと残っていた。それだけじゃない。体中には噛まれたり吸われたりした痕が数え切れないほどあって、醜い痣《あざ》になっているものもある。

　谷崎から逃げてきたのに、新たな肉欲の地獄が自分をつかまえて離してはくれない。これが宿命なのかと思うと、自分という存在の何を憎み恨めばいいのかわからなくなる。

　ひたすらこらえて張り詰めてきた心が、その朝ぷっつりと切れた。弱い自分を認めるまいと、懸命に生きてきたつもりだ。それでも、己の無力さも現実の社会であまりにも無知であることも、もう十二分に教えられた。

そのとき、蓮は父が逝き、母が逝ってから初めて本気で泣いた。谷崎に嬲られながら流した羞恥や苦痛の涙ではない。御影に許しを請うときの涙でもない。己の背負った宿命に心から悲嘆にくれ、涙がとめどなく溢《あふ》れ出したのだ。

シーツに体を埋めながらも、声を殺すことはなかった。狂ったように声を上げ、泣き叫んだ。そのとき、部屋の扉が開いて誰かが入ってくる。

きっと村上だろう。屋敷の中で騒がしくしている蓮を叱りにきたのだと思った。それでも、蓮は泣くのをやめなかった。涙が次から次へと込み上げてきて、自分でもどうすることもできなかったのだ。

「蓮っ、蓮……っ」

いきなり名前を呼ばれて、シーツをめくられた。蓮が放っておいてくれとばかり身を振り両手で近づく者を押しのける。足をばたつかせてシーツを蹴り上げ、そのままうつ伏せになって枕に顔を埋めようとしたときだった。

強い力が蓮の肩を抱き、いきなりこの体を抱き締めてきた。

(え……っ？)

村上がこんなことをするわけがない。そう思ってそっと目を開くと、そばにいて自分を力一杯抱き締めているのは御影だった。

「落ち着いて。頼むから、落ち着いてくれないか。大丈夫だから。もう何もしない。おまえのいやがることはけっしてしないから……」

思いがけない言葉に、一瞬蓮の動きが止まる。御影もまた様子をうかがうように少しだけ自分の腕から力を抜いて、体を離すと蓮の顔を見る。

「泣かないでくれ。おまえに泣かれると、わたしも辛い」

「嘘だっ。どうせこの体だけなんだ。あの男がそうだったように、みんなこの体を自由にしたいだけ。もう騙されるものかっ。こんな体なんか、こんな体なんか……っ」

自分の手で息の根を止めてやると思っていた。けれど、御影は暴れる蓮をまたしっかりとその胸に抱き締めると、どこか悲痛な声色で言う。

「違うっ。違うんだっ。おまえを泣かすつもりはなかったのに、昨夜はあの男のせいで自分を見失ってしまった。あの男から守りたいと思ったはずなのに、なぜかひどく苛立ちを覚えてしまい、それで気がつけばあんなことを……」

苦々しい表情で御影が言い訳をするけれど、そんな言葉など信じる気にはなれない。蓮は昨夜のことを思い出して体を硬くすると、両手で御影の胸を懸命に突っぱねようとした。肩を上下させて大きく嗚咽を漏らしている蓮の頰を、長い御影の指先がそっと撫でて涙をすくっていく。拭っても拭っても涙の乾かない蓮の頰に御影は唇を寄せてこようとする。

「いやだ……っ」

その唇を拒むと、御影は心から悲しそうな顔になった。

「蓮……」

そんな声で名前を呼ばれても、絶対に心を許したりはしない。そう思っていたのに、御影は思いがけない言葉を口にした。

「蓮、お願いだ。どうか、わたしを拒まないでくれ。もうあんなふうに傷つけたりしないと誓う。おまえが望まないかぎり、谷崎に渡したりはしない。おまえを守りたいんだ。だから、わたしを信じてくれないか？　おまえはわたしにとって、とても大切な存在だ……」

それでも、蓮は信じるものかと首を横に振り続ける。谷崎も蓮を引き取るときに、よく似た言葉を口にしたけれど、結局は蓮を己の性欲の餌食《えじき》にしただけだ。御影がそうしないという保証などどこにもない。

蓮の頑なな態度に御影は寂しげな吐息を漏らしたかと思うと、静かに視線を伏せた。

「あんな真似をしたあとでは、信じろと言っても無理かもしれないが……」

そう言ったかと思うと、蓮の髪を優しく撫でる。

「わたし自身もよくわからないんだが、どうやらこれが嫉妬《しっと》というものらしい」

「え……っ？」

そのとき、蓮は初めて嗚咽を止めて顔を上げた。「嫉妬」というのはどういう意味だろう。それは、蓮の人生で感じたこともないし、あまり耳にしたこともない言葉だった。もちろん、その意味は知っているけれど、なぜ御影が嫉妬を感じるのだろう。誰に感じたというのだろう。

そして、あげくに蓮をあんなふうに抱いたという意味がわからない。

「蓮にとって谷崎が初めての男だということに、どうしようもない苛立ちを覚えた。あんな男に無体に体を汚されれば、誰だって心を閉ざしたくなる。そうは思ったけれど、結局は同じことをしてしまった。それで何を取り戻せるでもないとわかっていたのに、自分を抑えることができなかった。本当に申し訳なかったと思っているよ。だから、どうか許してくれないか」

目覚めて昨夜のことを思い出せば、悲しみと絶望に打ちひしがれて、何もかもがどうでもよくなっていた。だが、少し落ち着きを取り戻してみれば、自分は御影にどんな仕打ちを受けようとも、恨みつらみを言える立場ではないのだ。それなのに、御影は己の非を認めて、蓮に詫《わ》びている。

主従の関係を力で知らしめようとする御影と、蓮の気持ちを汲み取ってくれようとする御影がいて、その間で混乱してしまうことはこれまでも多々あった。けれど、今度ばかりは本当にわからない。彼は何を望んでいて、蓮をどうするつもりなのだろう。

「蓮、わたしを見てごらん。昨日まではおまえの主人だった。けれど、今日からはおまえの友人になろう」

「友人……？」

「そうだ。市川蓮をわたしの屋敷に友人として迎える。もう何も心配することはない。谷崎のところになど帰すものか。この屋敷でわたしとともに暮らしていけばいい」

御影の言葉に蓮はまだ濡れた頬が乾かないまま、苦い笑みをこぼした。

「谷崎は息子になれと言った。今度は友人ですか。でも、やることは同じだ……」

淫らに体を開いて、抱かれては許しを請えというのだろう。だが、御影はそうではないと首を横に振る。

「どんなに愛しくても、友人にそれは望んではならないことくらいわかっているよ。おまえが望まないことは二度としないと誓おう」

そう言うと、御影は昨夜から裸のまま眠っていた蓮を今一度抱き締めてからベッドを離れる。

そして、ワードローブを開くと、中から皺《しわ》一つなくきれいにたたまれた紺地の浴衣《ゆかた》を取り出してきた。それを広げて蓮の肩から羽織らせると、生々しい性交の痕が残るからだを包み込む。

「こ、これは……?」

半分は日本人とはいえ、彼の生活も装いもすべては洋風だったので、御影がこんな浴衣を持っているなんて知らなかった。すると、御影は少し懐かしそうな表情になって言う。

「これは、母親が昔縫ってくれたものだ。わたしにはもう身の丈が合わなくなってしまったが、おまえならちょうどいいだろう」

思いがけない言葉に驚いた。よく見れば、とても丁寧に仕上げられたもので、籠目《かごめ》の市松模様の染め抜きも洒落《しゃれ》た柄だった。御影の母親が息子を思って生地を選び、一針ずつ縫った大事な浴衣を、蓮が羽織るなんてできない。だが、御影は気にすることはないと笑う。

「もちろん、これはわたしにとっても思い出の品だ。誰にでも着せたりはしないよ。だが、おまえには似合うと思ってね」

それでもまだ蓮が戸惑っていると、御影が優しく微笑んで言う。

「ずっとワードローブで眠らせているより、わたしの大切な友人が着てくれたなら、きっと母親も喜んでくれるだろう」

その言葉に、蓮はおずおずと羽織らされた浴衣の襟元を握って、前身ごろを合わせる。愛情のこもったこの浴衣を、御影本人が羽織っていた頃もあったのかと思うと、なんだか不思議な気持ちになった。と同時に、彼という人間がふいに生身の心で自分に近づいてきたような気がした。

洗って糊《のり》がきいた気持ちのいい浴衣は蓮にとってもどこか懐かしく、独特の肌触りに遠い昔を思い出す。自分が幼い頃、蓮もまた母親の縫ってくれた浴衣を着て、屋敷の広い庭で蛍を追いかけた。

そんな遠い記憶を懐かしんでいると、御影の手が蓮の肩に伸びてきた。もう怯えることはなかったが、それでもまだ少し不安はある。

「これまでわたしがあげたものを、おまえはあまり喜んではくれなかったようだが、これだけはどうか受け取っておくれ」

特別な理由もなく、分不相応な高価な贈り物をもらっても恐縮するばかりであまり嬉しくはなかった。それでも、万年筆だけは大切に使っていたが、この浴衣も蓮にとってはとても嬉しい贈り物だと素直に思えた。

「あ、ありがとうございます」

小さな声で礼を言うと、御影が柔らかな表情で頷いた。でも、これから自分はどうすればいいのだろう。本当にこの屋敷にいてもいいのだろうか。

「旦那様……、あの……」

「その呼び方はやめよう。もう主従関係ではないから、今後は名前で呼べばいい」

「名前で……?」

「そう、琢磨《たくま》でもいいし、ドイツ名のシモンでもいい」

そうは言われても、どちらも呼べそうになくて蓮が困ったように俯《うつむ》く。御影はそんな蓮の戸惑いもまた理解しているように、少し自嘲《じちょう》めいた笑みを浮かべる。

「どちらも呼びにくいなら、おまえの好きに呼べばいい。何かを強いるようなことは、けっして本意ではないのでね」

蓮が谷崎に「おじ様」と呼ばされていたことを知っているので、そんなふうに言ってくれているのだろう。その心遣いに感謝して、蓮はすぐ横でベッドに浅く腰かける御影の顔をじっと見上げた。

「不思議なものだな。誰かを心から思うことなど一生ないと思っていた。けれど、人生というのは何が起こるかわからないものだ。知らぬ間に庭に生えていた雑草が、思わぬほど美しい花だったと気がついた。そして、わたしはその花に夢中になってしまったようだ」

そう言うと、御影の手は乾きはじめた蓮の頬を撫でる。その手の温もりは、まるで父のようであり、母のようでもあった。

でも、御影はやっぱり御影で、彼の目が蓮に信じてほしいと強く訴えているのがひしひしと伝わってくる。そして、蓮の心にも彼を信じたいと思う気持ちが確かにあった。

もう疑うことにも疲れていた。もし、もう一度騙されたなら、そのときは堕《お》ちるところまで堕ちてしまえばいい。この身も体も捨ててしまうのは、そのときでも遅くはない。だから、蓮は今一度だけ御影という男を信じてみようと思うのだった。

「蓮は市川倫造氏の一人息子だ。これからは、彼をわたしの大切な友人として屋敷に迎える。いずれときがくれば学業に戻らせてやりたいと思っているが、それができるまではわたしの秘書としてこれまでどおり勤めてもらうことになるから、そのつもりでいてくれ」

その日の午後、あらためてきちんと身なりを整えた蓮は御影の書斎で使用人頭の村上にそう紹介された。長年御影のもとで働いている村上もまた、貿易関係についてはそれなりの知識があったらしい。

「市川様というと、確か大陸でご不幸に遭われたという……」

「そうだ。生前は日本のどの商人よりも大陸と深い絆《きずな》を築いていた。彼がいなければ今の日本と大陸の信頼関係はあり得なかっただろう」

村上はあらためて蓮の顔を見て、驚きを隠せないようだった。だが、すぐに納得したように頷く。蓮が異国の言葉に堪能であったり、屋敷の中の細々としたことによく気がついたのはそれ故だと理解したのだろう。

「わかりました。今後はそのようにと、他の使用人たちにも伝えておきましょう。それから、蓮様の身の回りのお世話をさせる者を選んでいただいたほうがよろしいかと……」

村上はたった今聞かされた思いがけない話にも動揺を見せることもなく蓮を「蓮様」と呼び、すでに身の回りの世話人のことまで気を回している。だが、蓮にはその必要はなかった。

「自分のことは自分でできます。これまでどおり、御影様のお手伝いもさせてもらいます。どうか特別な気遣いのないようお願いします」

蓮は反対に村上に会釈《えしゃく》をしてそう言った。もう御影を「旦那様」とは呼ばないでいいと言われた。けれど、名前を呼ぶことも難しくて、「御影様」と呼ぶことにした。

「食事は蓮と一緒に摂《と》る。蓮の部屋は今までどおりわたしの隣でいいが、新しく書棚を入れてやってくれ。書斎から好きな本を持ってきて置いておきたいだろうからな。午後からは仕立て屋を呼んでおいてくれ。もう少し新しい服の注文を出しておこう。それから、東京《とうきょう》の百貨店の外商がくるときは細かいものを買ってやりたい。あとは……」

御影は蓮がここで暮らしていくのに何不自由のないようにと、村上にあれこれと指示を出していた。だが、蓮はまだこの状況を完全に受け入れてはいない。使用人でなくなったことに安穏とできるわけもない。自分の立場など針の先に乗った球のように、いつどこへ向かって転がっていくかもわからない危ういものなのだ。

というのも、谷崎にここにいることを知られてしまったから。昨夜の別れ際の言葉を思い出しても、あの男がこのまま引き下がるとは思えない。御影は横浜では充分に大きな存在だが、東京で今や押しも押されぬ谷崎にしてみれば、まだまだ若造という思いが強いだろう。事実、力関係もそうではないかと思う。

取引関係はあまり大きく被っていないはずだが、どちらも生糸の扱いはある。競合する部分であからさまに何かを仕掛けてこなければいいと願っていた。

いくつも不安を抱えたまま新しい生活が始まり、とりあえず御影は約束を守ってくれている。もう深鷺の代わりとして夜の慰みに蓮を寝室に呼ぶことはない。ただ、あの浴衣を着て御影の寝室を訪ねるように言われることはある。

そこで眠る前にブランデーを飲む御影と話すのは、世界情勢やこれからの日本のこと、それに二人の共通の知人であるシュタイナーのことなどだった。

「そういえば、シュタイナー博士が今度ドイツに戻ると言っていたな。日本に骨を埋める気持ちに変わりはないが、その前に一度祖国を見てくるつもりだそうだ。横浜から船に乗るので、その前にここに寄ってもらおう。そうすれば、蓮も博士に会えるだろう」

「シュタイナー博士にはお世話になりました。ドイツ語だけでなく、多くのことを教わりましたから」

「彼は少々変人だが、情熱家だ。わたしは彼が好きだな。ぜひ無事に日本に戻ってきてもらいたいものだ」

ずっと年上の人間に対していささか遠慮のない物言いだが、御影なりの親愛の情なのだろう。蓮は同じ気持ちだったので、シュタイナーと再会できるのならぜひ旅立ちの前に挨拶をしたいと思っていた。

一日の終わりに交わす御影とのなにげない会話が、谷崎に騙された蓮の傷を少しずつ癒してくれる。家族を失った蓮にとって、御影は父でも兄でもないけれど心許せる存在になっていた。そして、結婚もせず家庭を持たない御影にとっても、蓮は使用人以外で唯一常にそばにいる存在なのだ。大切に思ってくれている気持ちに偽りがないことはちゃんと伝わっていた。

御影がブランデーを飲み終える頃、静かに「おやすみ」とだけ言われて、蓮は自分の部屋に戻って眠る。ときには、そっと抱き締められることもあるが、それはあくまでも親愛の情を示しているにすぎない。御影はどこまでも厳格に約束を守り続けてくれている。

だから、蓮のほうが少し奇妙な気持ちになるときがあった。夏が近づき蒸し暑さが増してくる夜、さらりとした浴衣に身を包み、一人寝のベッドで見る夢はなんだか物悲しいものが多かった。

それでも、昼間は忙しさに追われて、そんなせつない感覚など忘れている。御影と一緒に港に着いたばかりの荷を検分に出かけたり、新しい取引先との商談に立ち会い、議事録を取って清書する作業なども手伝うようになっていた。

そんなある日、蓮は御影に誘われて商館の近くの洋食屋に昼食を摂りに出かけた。そこで御影はワインを飲みながらビーフシチューを食べている。蓮は白身魚のムニエルを食べながら、いつものように御影の話を聞いていた。

「物を売り買いするということは、ただ儲ければいいというものではない」

そう言ったかと思うと、御影は蓮に父親がクリスチャンであったかどうかをたずねる。

「父は他の宗教を排斥する考えはありませんでしたが、自身は曹洞宗《そうとうしゅう》の仏教徒でした」

「そうか。だが、彼の商売に対する信念は、キリストの言葉に近いものがある」

「レビ記第二十五章の、『相手に損をさせるだけの商いをしてはならない』でしょうか？」

蓮が言うと、御影が感心したように目を見開いたので、シュタイナーに教わったと言った。

「蓮の父上はまさにその信念で、大陸の未開の地の固い心を開いていったと言えるだろう。わたしの商売はあまり大陸との取引はないが、横浜で多くの中国人から市川氏の名前を聞いていた。誰も彼のことを悪く言う者はいなかったよ」

そういう父親の話を聞けるのは、蓮にとってとても嬉しいことだった。

「金で恨みを買えば、同じように金で報復を受ける。『欲深い者には罪の杭が打ち込まれる』ということだ」

御影は横浜の教会で洗礼を受けているというが、お世辞にも敬虔《けいけん》なクリスチャンとは言えないだろう。それでも、聖書の言葉のいくつかは心の戒《いまし》めにしているらしい。

「金を得るには、誰もが同じ労役につかなければならない。ということで、午後からは港へ行く。荷下ろしの様子を見ておかないとな」

もちろん、荷抜きなどが行われていないかの監視もあるが、御影は港の労働者に差し入れを持っていくことも多い。彼は誰にでも気軽に声をかけて、中国人の労働者を差別することもない。

御影のそばにいて彼の仕事のやり方を見ていると、学ぶことがあまりにも多かった。実の父親から学べなかったことを、蓮は図らずも御影から学んでいるような気がしていた。

（きっと彼なら信じられるはず……）

そんな思いがわずかな間でも、蓮の胸にしっかりと芽生えていた。谷崎にあれだけ手ひどく騙されておきながら、自分という人間はどこまでも甘いのだろうか。けれど、御影はやっぱり違うと思うのだ。

その日の夜、蓮はいつものように御影の部屋に呼ばれた。

「今日は疲れただろう。夜までわたしのたわいもない話につき合わせてはさすがに気の毒だ。今夜は早くベッドに入るといい」

御影はいつものように自分のためのグラスにブランデーをそそぎながら言う。御影の話を聞くのはいやじゃない。むしろ、もっとたくさんのことを話して聞かせてほしいと思っているくらいだ。だが、御影自身も港に出向いた今日は、梅雨の晴れ間の日差しの下で立ちっぱなしだったので疲れているのだろう。

蓮が「おやすみなさい」と言って自分の部屋に下がろうとしたときだった。御影が思い出したように蓮を呼びとめる。

振り返ると、御影が扉のそばに立つ蓮のところにきて手にしていたものを差し出した。

「これは……」

「以前、一度おまえにあげたものだよ」

金の鎖に通されたルビーのペンダントは、神戸《こうべ》土産として買ってきてくれたものだが、蓮はただの使用人に戻りたいと願ってそれを返していた。

「もうすぐ誕生日だろう。あらためて受け取ってくれないか」

「でも、こんな高価なものは……」

「愛情と言いたいところだが、友情の証《あかし》ならどうだろう」

そう言うと、御影は蓮の首にペンダントをかける。

「やっぱり、よく似合うな。これはおまえのものだ」

蓮は自分の首にかかったペンダントを手に取って眺めてから、少し考えていた。それから、顔を上げて御影に向かって微笑む。

「ありがとうございます。ルビーは母親も好きだった石なので、嬉しいです」

そのとき、御影の両腕がそっと蓮の体を包み込んだ。一瞬ハッとしたものの、蓮はそのままじっと動かずにいた。

「大丈夫だ。何もしないよ。こうしてしばらく抱き締めていたいだけだ」

「御影様……」

蓮も拒むことなく、彼の腕の中にいて自ら頬を広い胸にあずけてみた。この人は自分を守ってくれる。蓮が失った多くのものを与えてくれる。それは物や金ではなくて、本来なら両親から受け取るはずだった温かい何かだ。もうはっきりとわかっている。御影は谷崎とは違う。

「わたしは子どもの頃、異国の血が混じっていることで周囲から特別な目で見られることが多かった。今でこそ母親の血が色濃く出て、街中にいてもそれほど違和感はないと思うが、幼い頃にはどうして自分が他の子と違うのか不思議だったし、それがとても悲しかったこともある」

御影は蓮を抱き締めたまま、唐突に昔話を始めた。蓮も身動きをしないままじっとその言葉に耳を傾けていた。

「あれは五つのときだった。乳母に手を引かれて夏祭りに出かけ、母親に縫ってもらった浴衣が似合わないとからかわれて泣いて帰ったことがある。母にはどうしてこんな髪の色で、こんな目の色なんだと癇癪《かんしゃく》を起こして訊《き》いたらしい。自分ではよく覚えていないがね」

そんな御影の髪も目の色も、今では日本人の中にいて目立つほどに明るいわけではない。

「きっと母も困ったのだろうな。父が聞けば悲しんだだろう。今となっては不自由を感じているわけでもないが、学生時代にも自分の容貌について悩んだことはある」

「そんな……。こんなにきれいなのに……」

気がつけば蓮は御影の顔を見上げて、そう呟いていた。すると、御影は少し照れたように微笑んでみせる。

「嬉しいね。おまえにそう言ってもらえるとは思ってもいなかったよ」

「あっ、わたしは、その……。特別な意味ではなくて、本当にそうだと思ったので……」

蓮がしどろもどろになると、御影が抱き締めていた背中を大きな手のひらで撫でてきた。

「こんな話をこの歳になってする相手ができるとは思わなかった。楽しい思い出ばかりで人は生きているわけじゃない。けれど、辛い思い出を話すのは苦手だった。蓮にならそんな話もできそうな気がする。もっとも、聞かされるほうはおもしろくもないだろうけどね」

慌ててそんなことはないと蓮が首を横に振る。御影のことならなんでも知りたいと思う。この人はとても強そうに見えるし、事実そうなのだけれど、けっして何一つ悩みなく生きてきたわけじゃない。日本に生まれ育って、異国の血を半分とはいえ持っていることは、人よりも余分な荷物を背負って生きているようなものかもしれない。

「御影様のことは、最初はよくわかりませんでした。でも、近頃は少しずつわかってきたような気がする。わたしは、あなたのことを……」

信じたいと思うと言いかけた唇に、御影の唇がそっと重なった。それは、唇が触れ合うだけの優しい口づけだった。だが、御影はすぐに体を離すと申し訳なさそうな顔になる。

「すまない。もうしないと誓ったはずなのに、つい魔が差してしまったな」

己の意思の弱さを恥じるように御影が言うので、蓮は困ったように俯いた。御影は約束を破ったけれど、蓮はなぜかいやではなかったのだ。そればかりか、胸の鼓動がひどく速くなって、呼吸が少し苦しい。頬が熱くなっていくのを、自分でもどうしたらいいのかわからなくなっていた。

「あ、あの、もう、休みます……」

それだけ言って自分の部屋に下がろうとしたら、御影がもう一度呼びとめる。蓮が赤い顔を見られないよう俯いたまま振り返ると、思わぬことを聞かされた。

「言い忘れていたが、明日シュタイナー博士が横浜にこられる。屋敷にも立ち寄ってくれるとのことだ」

「ほ、本当ですか?」

「ドイツへ向かう船が明後日出港の予定だ。その前に蓮にもぜひ会いたいと言っていたぞ」

恩師であるシュタイナーにはずっと会いたいと思っていた。長身で胸板が厚く大きな体は、遠くを歩いていてもすぐに彼だとわかった。りっぱな髭《ひげ》を指先で撫でながら授業をする彼のブラウンの巻き毛と優しげな灰色の瞳を思い出し、蓮はしばし懐かしさに浸る。

そのときだった。廊下の向こうから村上が足早にこちらに向かってくる。すでに下がってもいいと言われているこんな時間に、御影の部屋にやってくるのは珍しい。そんな彼の手には一枚の白い封筒が握られていた。

「旦那様。たった今配達の者が持ってまいりました。海外電報です」

商売のことで海外電報はちょくちょく受け取るが、こんな時間に届くのはよほど緊急を要することだ。御影が無言で封筒を開いて中身を読むと、さっと顔色を変える。

「御影様……?」

「フェルディナント大公がサラエヴォで撃たれた」

掠れた悲鳴を漏らし、蓮は思わず自分の口元を押さえる。

それは、蓮の誕生日の三日前。一九一四年六月二十八日のことだった。

「そもそも、訪問の日取りからして悪かった」

御影は以前も確かそんなことを言っていた。

六月二十八日はフェルディナント大公夫妻の結婚記念日であると同時に、約五百年前にセルビアがオスマン帝国に敗北したコソボの戦いの記念日でもあった。そんな屈辱の日に自分たちを支配するオーストリア大公の訪問を受けるのはセルビア人にとって、とうてい歓迎できるものではなかったのだ。

「このままではヨーロッパはどうなるんでしょう。それに日本は……」

世界情勢について案じるというより、蓮の不安は日本がこの紛争にどうかかわるつもりなのかということだった。それは、貿易を生業《なりわい》としている者たちに大きな影響を及ぼすだろうし、同時に御影のような異国籍の人間の立場を左右しかねないからだ。

「本来ならゲルマンとスラブの民族紛争だ。各国政府は戦争回避に尽力するとは思うが、軍の動きを止めることができるかどうかが問題だな」

オーストリア・ハンガリー政府がこれを機にセルビア統治に関して厳しい条件をつきつけることは明確だが、ロシアなど強い同盟国を背後に持つセルビアがどう対応するかわからない。

もちろん、オーストリアもドイツやオスマン帝国など協商国がある。

「万一のとき、日本は日英同盟があるから連合国側につくだろう」

ということは、ドイツと敵対することになる。それが蓮の一番心配していることだ。

「シュタイナー博士は、それに御影様も……」

シュタイナーは今日の午後御影の屋敷にやってきた。だが、蓮との再会をゆっくり懐かしむ間もなく、すぐに東京へと戻っていった。ヨーロッパ行きの船の出港が急遽《きゅうきょ》延期となったせいもあるが、ドイツ人の彼は戦争になったとき日本にとっては敵国の人間になる可能性がある。ならば、政府筋と一刻も早く連絡を取っておいたほうがいいという御影の忠告により、シュタイナーは夕刻には東京に引き返していったのだ。

「船の出港延期は、ある意味よかったのかもしれない。今ドイツに戻って戦争が勃発すれば、日本に戻ることができないまま戦火に巻き込まれることになる。だが、日本にいれば敵国の人間になったとしても、彼は日本政府が呼び寄せた医師だ。政府の要人の診療にも携わっている。充分に保護される立場にあるだろう」

シュタイナーはそれでいいとしても、御影自身はどうなるのだろう。蓮が案じてそのことを訊くと、御影は笑って肩を竦《すく》めてみせる。

「言ってなかったかもしれないが、実はわたしはドイツ国籍ではないんだよ。父の祖国であるオランダ国籍になっている。父の親族の多くはオランダにいるので、近く両親もそちらに移住することになるだろう」

オランダはヨーロッパの勢力分布でいくと中立の立場を取っている。今の状況ではもっとも安全な国といえるだろう。蓮はそのことを聞かされて、心底胸を撫で下ろした。

けれど、問題はそれだけではなかった。七月も中旬を過ぎると、いよいよ開戦の色は濃厚となり、ついにはオーストリアがセルビアに対して最後通牒《つうちょう》をつきつけた。

セルビアも戦争回避のために理不尽とも思われる条件を呑んだものの、何点かにおいて受け入れを拒否するとオーストリアは問答無用で宣戦布告。その年の七月二十七日、ついに第一次世界大戦が勃発《ぼっぱつ》した。

日本は御影の言うとおり、日英同盟の立場からイギリス、ロシア、フランスを中心とする連合国側について八月に入って間もなく参戦する。ドイツ、セルビアに恨みはないが、戦争に乗じて東南アジアにおける植民地を広げようという企みが主な参戦の目的だ。

日本帝国陸軍はドイツが利権をつかんでいる中国山東省の青島《チンタオ》を狙い、海軍は南洋諸島の攻略に出向いた。先の日露戦争に勝利してから約九年。日本はまたにわかに戦時色に染まっていくこととなった。ところが、質素倹約を唱えながらも、国土が戦火に見舞われることもなく、すでに近代工業が隆盛だった日本は軍事産業が盛んになり好景気に湧くこととなる。

大戦景気で多くの成金が生まれる傍《かたわ》ら、御影のように貿易に携わる者は当然のことながらいろいろと問題を抱えることになった。

ドイツからの医薬品と医療器材の輸入が止まったことで、日本は国内で独自にそれらの生産に取り組むようになる。日本にとっては化学と医薬の基礎を築くきっかけとなったが、御影の商売には少なからず影響はあった。また、オランダから輸入していたコーヒー豆も、ヨーロッパからの船が定期的に入らなくなりどうしても品薄の状態が続いた。

もちろん、御影もただ指を銜えてこの状況に甘んじているわけではなかった。輸入が途絶えがちになった分、輸出において日本は大きく経済を伸ばしていくことになり、その中心にあったのが生糸だった。原料を国内でまかなうことができるうえ日本の生糸は良質で、アジアやアメリカ向けに大きく輸出量が伸びている。

御影の父親は日本にいる頃、神奈川《かながわ》西部の愛甲《あいこう》の村にできた製糸工場に多額の出資をしており、そこで生産された生糸を輸出に回していた。開業当初は、働く場のない村の女性たちに仕事を提供する意味のほうが大きかった製糸工場が大いに脚光を浴びることになり、御影の商売も開戦後は輸入業から輸出業へと大幅に転換することとなった。

「大戦景気などといっても、浮かれているようなものでもない。日本の経済が膨張すればするほど、イギリスやアメリカとの利益調整も難しくなるし、大陸との軋轢《あつれき》も増える」

商館が大きな儲けを出していても、祖国であるドイツとの関係を考えると、御影はまったく浮かれた様子ではない。むしろ、日に日に案じることが増えていくようで、疲れた様子で夜にブランデーを飲む姿を見ると、蓮まで辛い気持ちになる。

「御影様、少し飲みすぎではないですか？」

いつもは多くても二杯までやめるブランデーなのに、今晩はすでに三杯目をついでいる。

「ああ、そうかもな。でも、今夜くらいはいいだろう？」

蓮に言い訳しても仕方がないのに、御影は少し笑みを浮かべてみせる。蓮はソファに腰かけてグラスを傾ける彼のそばにいくと、床に膝をついてその場に屈《かが》む。そして、御影の太腿にそっと手を置いて、疲れた彼の顔を見上げながら言った。

「オランダに移住されたご両親のことが心配なんでしょう？」

「ああ、もちろんだ。だが、他にも日本軍の捕虜になっているドイツ兵のことや、大学で監禁生活を強いられているシュタイナー博士のことも気になっている。それに……」

「それに、なんですか？」

他にも心配ごとがあるなら、せめて話を聞くだけでもしてあげたい。それで御影の心が少しでも休まるのなら、蓮も一緒にその不安を抱えたいと思う。

だが、御影は一度開きかけた口を閉ざし、手を伸ばして蓮の髪を撫でる。

「近頃は商館が忙しいが、よく働いてくれているな。本当におまえがいてくれてよかったよ。でも、わたしにとっては、こうして眠る前に二人きりで話をする時間が一番落ち着く」

「わたしのほうこそ感謝しています。誰も信じられなくなっていたけれど、あなたのそばにいると人生をやり直せそうな気がします。だから……」

そう言いながら御影を見上げると、蓮はそっと膝を伸ばして自ら顔を近づけた。憂いを秘めた美しい彼の顔を近くで見たかったのだ。

「蓮……」

御影が優しい声で自分を呼ぶ。いつ頃からか、この声がとても好きになっていた。

「蓮、触れてもいいか？」

以前はあれほど不遜《ふそん》な態度で当たり前のように蓮を組み敷いていた人が、今は頬に触れるだけでもそうしていいかとたずねてくる。ちゃんと約束を守ってくれるこの男は、やっぱり谷崎とは違う。そして、蓮は御影が好きだ。声だけでなく、彼のさまざまなところに心惹《ひ》かれている自分がいる。

恋愛については奔放《ほんぽう》そうでいて、実はひどく生真面目なところがある人だ。また、広い視野を持つ彼は、商人らしく世界というものを常に冷静に見つめている。そして、商売に関しては誠実で、相手の立場や利益や損害を無視した形で話を進めるようなことは快しとしない。

祖国を愛し日本を愛しながらも、二つの血を持つ身で、人には理解できない多くの苦悩を抱えている。いつも微かに浮かべている品のいい笑みの中にそれらを隠して生きているのだ。そんな彼は孤独なのかもしれない。

（自分と同じように……）

そう思ったとき、蓮は御影の手を取ると自分の頬に運んでそっと握り締めた。そして、手のひらに唇を寄せる。

「極東の地で、たった一人の愛しい人に出会えた父は幸運だったと思う。そんな幸運が自分にも起きるなんて、思ってもいなかった。それほどに、自分という人間の面倒さは知っていたつもりなんだ。けれど、わたしはおまえに出会えた。とても愛しく思っているよ。この気持ちに偽りはない」

「御影様……」

彼の名前を呟きながら、蓮はゆっくりと唇を重ねていった。まさか自分からこんな真似をするなんて思ってもいなかった。けれど、今夜の御影はとても疲れていて、なんだか寂しそうに見えて、蓮の存在が少しでも救いになるのなら何かをしてあげたいと思ったのだ。

彼からたくさんのものを与えてもらったのに、自分の返せるものなどたかがしれている。きっとこの体だけ……。

その夜、遠慮がちに求める御影に応えて、蓮は彼と同じベッドで眠った。何度も口づけをして、この体を抱き締められた。けれど、御影はそれ以上のことはしなかった。蓮が怯えて震えているのに気がついたからだ。

谷崎に強いられ教え込まれたことがあまりに強烈に心に焼きついていて、その行為が蓮にはまだ怖い。たとえ御影がもう二度とあんな抱き方をしないとわかっていても、脳裏に蘇ってくるものが蓮の体と心を萎縮させるのだ。

「こうして触れられるだけでも今は充分に満足だ。失ったものは一つ一つ取り戻していこう。おまえは自分自身を。わたしは蓮という存在を」

蓮もまた御影の言葉に頷く。両親を失ってから初めて心安らぐ場所を見つけた。夏の明け方、シーツから肩を出して眠っていて思わぬ肌寒さに震えたとき、御影の手が蓮を抱き寄せてくれる。

御影の腕の中は暖かい。それは、もう二度と得ることのできないと思っていた、どこまでも穏やかな温もりだった。

「社長、このままでは供給が追いつかないのは確実です」

御影が漠然と不安に思っていたことが現実になる日がやってきた。

「それどころか、近頃は女子工員の引き抜きも露骨になっています。このままでは製糸工場そのものが閉鎖になりかねません」

その日、いつもどおり御影が商館にやってくると、秘書の榊《さかき》が悲愴《ひそう》な顔色で社長室に飛んできて言う。

「ど、どういうことですか？」

思わず一緒に出勤してきた蓮のほうが先にたずねた。だが、御影はいきなり机からすでに封をされた手紙を何通か取り出すと、今すぐ郵便局へ出しに行ってくれと頼む。あきらかに蓮にこの話を聞かせたくないと思っているのだとわかったが、仕事として頼まれたなら拒むわけにはいかない。

蓮は郵便物を持って部屋を出ると、わざと小走りに玄関に向かう。だが、すぐさま足音を忍ばせて社長室の前まで戻ると、扉に耳を押し当てて中の様子をうかがった。

「工員を引き抜いているのはどこだ？」

「八王子《はちおうじ》のマルタニ製糸工場です。工員の引き抜きだけではありません。生糸の原料である蚕《かいこ》まで買い占めの動きに出ています。それも、うちの製糸工場を狙い撃ちしているとしか思えません。いったい、これはどういうことでしょう？」

秘書の榊は本当に困惑した声で御影に訊いている。蓮は御影の答えを聞こうとさらに耳を扉に押しつける。

「マルタニ製糸工場の後ろにいる人間だろうな」

「マルタニの後ろ？　というと……？」

「『谷崎商会』だ。奴が意図的に仕掛けていることだ。間違いない」

その答えを聞いて、蓮はハッとしたように息を呑む。まさかここで谷崎の名前を聞くとは思わなかった。だが、あの男があの日以来ずっと何も仕掛けてこなかったことのほうが不自然だったともいえる。

おそらく、戦争の気配をいち早く嗅ぎ取って、確実に御影の足をすくう方法を考えていたのだろう。御影がドイツとの貿易をやっていることは知っていたはずだから、戦争さえ始まれば「極東貿易商会《きょくとうぼうえきしょうかい》」など簡単に潰れると思っていたのだろう。

だが、御影は愛甲の村に製糸工場を持っていたせいで、思いのほか大きな利益を上げている。それで谷崎は、御影の生糸関連の商売を露骨に妨害し始めたのだろう。

あの男のやりそうなことだと思った。と同時に、御影はすでにこの事態を予測していたような気もする。彼が大戦景気に浮かれることが一度もなかったのは、谷崎の存在を案じていたからではないだろうか。

(自分のせいだ……)

蓮は唇を噛み締めて、また足音を忍ばせ郵便局に向かう。どうしたらいいのだろう。谷崎の目的は自分なのに、このままだと御影がどんどん追い詰められてしまう。

榊も御影の秘書として勤めて長いから、たいていのことでは取り乱すこともない。そんな彼が本気で焦っているのだから、事態はかなり深刻ということだ。

蓮は素知らぬ振りで郵便局から戻ると、御影はいつもと変わらぬ様子で仕事をしている。それからも、製糸工場に関して話すとき、蓮は必ず何か用事を言いつけられて席を外させられていた。つまりは、それが谷崎の妨害であり、原因が自分にあるという証明のようなものだった。

御影が隠そうとしても、蓮もまた知恵を絞って状況を把握しようと努めた。特に榊はすっかり困惑していて、ときには御影の口止めを忘れて蓮に愚痴《ぐち》をこぼしたりもした。

ヨーロッパからの輸入による商売が絶望的な御影にとって、この大戦が終わるまでは生糸の輸出が頼みの綱となっている。今は日本中が生糸特需のような状態だから、生糸は生産すればするほど儲かる。製糸工場を持っているということは、この時代なによりの強みだった。

諏訪《すわ》地方には大きな製糸工場がいくつもあって、誰もがそちらに注目している中、谷崎はあえて神奈川のはずれにあるさして大きくもない製糸工場を買収しようと仕掛けてきている。手段を選んでいないのは、工員の買収や原料の買い占めなどからもわかる。

「谷崎の手に渡れば、工員たちは今以上に過酷な労働を強いられる。工場を手に入れさえすれば、原料を買い叩き、利益だけを追求する経営をするに違いない。それは、父が望んだことではない」

高値で工場を谷崎に売却することを提言する榊に、御影はそう言って頑なに拒んでいた。もちろん、今の「極東貿易商会」が生糸の輸出で成り立っているのは事実だが、それ以上に御影は父親が投資して作った製糸工場を人手に渡したくないと思っているのだ。そのために、工員たちにはどこよりも高い給金を支払い、どこよりも高く原料を仕入れるという方法を取らざるを得なかった。

御影の財産は蓮の想像以上のものがある。それでも、この状態が続けばとても持ちこたえられないだろう。その証拠に御影はつい先日、箱根《はこね》の別荘を処分した。それは、大戦景気で大金を得た成金が相場以上の金額で買い取ったようで、いくらか資金的な余裕はできたようだ。

だが、終わりのない戦いを谷崎は仕掛けてきている。ましてや、谷崎は生糸だけでなく、この戦時下で武器の裏取引で得ている金がある。潤沢な資金でいくらでも御影を追い詰めることができるということだ。

夜になって御影のブランデーの量が増えるごとに、蓮の心がひどく痛む。蓮を抱き締めて、大丈夫だからと言う彼の姿は、今まで見たことのない深刻な表情だった。笑みこそ浮かべているけれど、蓮にはその向こうにある彼の不安を和らげてあげることができない。

すべては自分の責任だと思い込む日が続き、蓮もまた少しずつ追い詰められていく。夜になって御影の温もりに包まれて眠るとき、安穏とこの場所にいる自分のずるさを痛感して、御影のために何をしたらいいのかと考えてしまう。

そして、大戦景気と夏の暑さに浮かれたような日々が過ぎていき、やがて秋がやってきても日本の熱はなかなかおさまらない。クリスマスまでには終わると思われた戦争だったが、近頃は長期戦を予測する論評も新聞に載るようになっていた。

その日、蓮は御影に命じられて銀行に行く途中だった。今月の決済に必要な書類を持っていくのは、毎月末の蓮の仕事になっていたが、自分が出かけるときに御影は秘書の榊に何かの資料を持ってこさせていた。

榊はいつになく厳しい表情で厳重に封をされた書類を抱えて、打ち合わせの際いつも使っている帳面を小脇に挟んで部屋に入っていった。きっと難しい打ち合わせになると予感していたのだろう。そんな彼らの様子を見れば、自分のいない社長室でまた何か悪い話が持ち上がっていないだろうかと不安になる。

早く商館に戻ろうと焦って銀行を出たが、道を急いでいるといきなり歩道にぴったりと寄せるようにしてタクシーが停まる。ハッとして足を止める蓮の横で、車の扉が開いて中から一人の男が降りてきた。

その男の姿を見て、蓮の足がガクガクと震え出した。

「久しぶりだな。スミス邸での夜会以来か」

そう言いながら被っていた帽子を取ったのは、その歳以上の貫禄をまとった谷崎だった。

「ど、どうして、ここに……」

なんの用があって横浜にきたのだろう。蓮は警戒心をあらわにして身を引いた。そんな蓮を見据えて谷崎はうっそりと笑う。

「相変わらずあの男に飼われているのか。それほどあの男はいいか？　だが、そろそろ飽きてきたんじゃないか？」

蓮は怯えをあからさまにしながらも、懸命に首を横に振る。谷崎という存在を否定しようと思うと、そうするしかなかったのだ。だが、彼はそれを別の意味に受け取ったようだ。

「ありきたりな抱かれ方で満足するような体ではないだろう。そういうふうにわたしが躾《しつ》けたからな。そろそろ自分からわたしのところに戻ってきなさい。そうすれば、あの男も助かる」

その言葉を聞いて、蓮はあらためて谷崎が御影を追い詰めている理由が自分なのだと思い知らされた。それは、この身が引き裂かれるような現実だった。

自分を救ってくれた人を、自分のせいで苦しめている。ずしんと己の肩にのしかかってくるものに、その場に崩れ落ちてしまいそうだった。そんな蓮に一歩一歩と近づいてくる谷崎を見て、掠れた悲鳴を漏らす。両手に握っている書類封筒を道路に落とした蓮は慌ててそれらを拾い上げると、谷崎から距離を取った。

ここは横浜でも官庁街で、昼のこの時間は人通りも多い。蓮の異常にうろたえる姿に気づき、周囲にいた人たちがこちらを注目し始めていた。道の向こうには警官も歩いている。何かあれば叫ぶつもりでいた蓮だが、谷崎は不敵な笑みを浮かべただけですぐに車のほうへときびすを返す。

「こんなところで騒ぎを起こすまでもない」

そして、車に乗り込もうとしたとき、チラリと蓮に視線をやって言った。

「わたしは、おまえを取り返すためならどんなことでもするぞ。あの若造など、捻り潰すくらいなんでもない。商売が甘いものではないと教えてやる。だが、すべてはおまえ次第だ。わたしにも慈悲の心くらいはあるからな」

谷崎はタクシーに乗り、歩道に降りてきていた運転手が扉を閉めた。すぐに運転席に戻るとエンジンの音が響き渡る。谷崎は歩道に立ち尽くしたまま震えている蓮を見ることもなく、その場から去っていった。

なぜいきなり横浜の地に現れたのだろう。蓮に忠告するためだけではないと思う。「谷崎商会」は横浜にも支店を持つが、わざわざ自ら一支店に出向いてくるような男でもない。だとしたら、御影の製糸工場にまた何か不穏な真似を仕掛けるつもりだろうか。

今でも資産を切り売りして工場を存続させているのに、これ以上はいくら御影でも持《も》ち堪《こた》えられないだろう。困惑と不安と焦燥に取り込まれ、蓮は真昼の街中で呆然と立ち尽くす。

谷崎に会ったあと、蓮はどうやって商館まで戻ってきたのか自分でもよくわからなかった。銀行からあずかってきた書類を榊に渡すと、少し気分がすぐれないと言って休憩室で休ませてもらった。御影は午後から製糸工場に出向いて、工場長と打ち合わせをすることになっている。

苦しい中でも工員たちの給金を下げることなく、むしろ待遇を上げてよりよい生糸を作ろうと工場の方針を変えていこうとしている。量産の時代だからこそ、数少ない良質のものが高値で取り引きされることも事実だ。だが、圧倒的な数を占める輸出品は、そこまで高級なものではない。限られた需要で商売をしていくのは、この時代にはそぐわないだろう。

御影の仕事を手伝うようになってたかだか数ヶ月の蓮でも、今の御影がかなり苦しい勝負を打っていることはわかるのだ。

街で谷崎に会った日からずっと沈んだ気持ちでいると、そのことを案じたのか御影が蓮を喜ばせようと新しい翻訳本を買ってきてくれた。それは、今年の秋に出たばかりのドストエフスキーの「カラマーゾフの兄弟」だった。

こんな高価な本を蓮のために買ってきたりしないでほしい。今は商売が大変なことは蓮も知っているのに、御影はあくまでも心配をかけまいとして素知らぬ顔でいるのだ。

強くしたたかな男だとは思っていた。「自分は自分だ」と言い切る自信の裏にあるのは、己の商売のやり方に対する揺るぎない信念だ。だからこそ、人に媚《こ》びることもせず、また人に弱みを見せることもない。

だが、蓮は彼の心の中の葛藤《かっとう》を知っている。眠る前のわずかな時間、自分のやり方が本当に正しいのか、常に己自身に問いかけている。挫《くじ》けそうになったり弱音を吐きそうになる自分を強く戒め、向かうべき道を迷うことなく決めてきた人なのだ。

それなのに、谷崎のような男にその行く道を阻《はば》まれて、きっと彼の胸の中には多くの不安や苦悩があるに違いない。たくさんのものを与えてくれたこの人を救う手立てがあるとしたら、それは蓮の気持ち一つだった。

(自分のために苦しんでほしくはない……)

蓮はそう心の中で呟くと、手渡された新しい本をぎゅっと胸に抱き締める。

御影は父と面識はなかったというが、その存在を知っていてくれた。商売人として尊敬しているとも言ってくれた。だからこそ、谷崎という厄介な男の存在を知ってもなお、蓮をこの屋敷に「友人」として迎え入れてくれたのだ。

にもかかわらず、自分は御影に何一つ返すことができずにいる。彼が心の中でそれを望んでいると知りながら、抱かれることすら覚悟ができずにいたのだ。

見返りを求めずに与えてくれる人がいたら、その人を心から信じてもいいと父は言っていた。

『どうすれば見返りを求めていないとわかるのですか？』

まだ子どもだった蓮が父にたずねたことがある。

『自分が困っているときでも、笑顔で何も言わない人がいれば、その人は見返りを求めていない人なのだよ』

それは、まさに御影のことだと思う。だから、蓮は御影を信じることができた。そして、あのとき父は続けて言ったのだ。

『信じた人のためにできることを惜しんではいけない。自分を守ろうとして見て見ぬふりをしたら、大切なものを失ってしまうからね』

生前は大陸との往復で忙しい父とゆっくり話す機会は少なかった。だが、今になってみれば父と何気なくかわした言葉をいくつも思い出す。

そして、その夜自分の部屋に戻った蓮は、御影にもらった新しい本を膝に置いたままベッドに座って長く考えていた。自分のできることは何か。それはもうわかっているはずだ。だったら、自分を守ろうとして見て見ぬふりはできないと思った。

御影は昨日から商用でまた関西に出かけている。一週間ほどは向こうに滞在するということだ。こういう時期にあえて横浜を空けるということは、今の追い詰められた状態に打つ手があるのかもしれない。かねてから神戸にいる知人とはよく情報交換をしていたから、新しい商売の話があればいい。

蓮はもらった本を風呂敷に包むと、一睡もしないまま一夜を過ごし、夜明け前にその風呂敷包みだけを胸に抱えて御影の屋敷を出た。部屋に書き置きの一枚も残しておこうかと思ったが、しないでおいた。もう二度と会うこともない人に、どんな言葉を書き残しても未練になるだけだ。

ただ、父の形見の懐中時計を御影にもらった万年筆と机の上に並べて残してきたのは、これまで世話になったせめてもの礼のつもりだった。そして、この屋敷にやってきたときのように、何も持たない自分は何者でもないままにここから消え去ってしまえばいいのだと思った。

◆◆

東京《とうきょう》の谷崎《たにざき》の屋敷を飛び出してきたときは、横浜《よこはま》まで一晩中歩いてやってきた。だが、横浜から東京に戻るときは、御影《みかげ》のところでもらった給金を使って列車でやってきた。

生まれ育った東京の街もわずかの間に見知らぬ街のようになっていた。表向きは異国で戦う軍人を敬い、自分たちも質素倹約をしなければと言いながらも、新しい店やものがどんどん増えて人々は明らかに大戦景気の真っ只中にいた。

覚悟は決めてきたはずなのに、蓮《れん》の心の中には拭いきれない恐怖がある。屋敷の近くまできたものの、中に入る勇気がどうしても持てない。そうこうしているうちに、夕刻になってあたりが薄闇に包まれる頃、蓮はようやく意を決して裏口の扉を叩《たた》こうとした。

そのとき、近くの電柱の背後から人影が現れて、蓮の肩に手を置いた。ビクリと体を震わせて振り返ると、そこにはがっしりとした体格に黒っぽい背広を着た男が立っていた。

「旦那様がお待ちです。どうぞ、こちらへ」

男はまるで蓮を見張っていたかのように現れて、そう言った。奇妙に思ったものの、彼は戸惑う蓮をつれて歩きながら、ときおり振り返っては鋭い視線で急ぐように合図をして寄こす。

以前住んでいた屋敷だから、自分が今どこに向かっているのかはわかっている。広い洋館の二階にある谷崎の私室だ。屋敷に戻ると着物に着替える谷崎だが、各部屋の調度品はヨーロッパから輸入したもので埋め尽くされている。

大陸と商売をしている頃から、谷崎は中華的なものにはいっさい興味を示すことがなく、もっぱらフランスやイタリアのきらびやかな家具を好んでいたのだ。

ここに引き取られたときから蓮には理解できない趣味だったが、谷崎の正体を知ってからというもの、拝金主義の彼にはむしろ似合っていると思うようになった。そんな屋敷に戻ってきた蓮は、すでに息が詰まりそうな思いを味わっている。だが、谷崎の部屋へと案内されてそこで苦渋の再会をしてみれば、自分の息の根などとっくに止まっていたのだと思い知らされた。

「ようやく戻ってきたか。それも、自分の意思でな」

蓮を前にして、長椅子に座って煙草を吸っていた谷崎が言った。それでようやくわかった。蓮が屋敷の周りにいたときから、すでにずっと監視されていたのだ。だが、蓮が自ら谷崎の屋敷の扉を叩こうとするまで待っていたのは、自らの意思で戻ってきたということをはっきりさせるためだ。

これで御影が蓮を引き渡すように交渉してこようと、これは「蓮の希望」ということになる。形に残るものではないが、蓮は自ら足枷《あしかせ》をはめたことになり、谷崎は己の正当性を主張しやすくなるということだ。

したたかな男だとわかっていたけれど、大胆さの反面こうやって小さな仕掛けも忘れないところがこの谷崎の本当の強さであり怖さなのだろう。

「さぁ、近くにおいで。久しぶりにおまえの声で『おじ様』と呼んでおくれ」

谷崎は煙草を目の前の灰皿でもみ消すと、両手を広げて蓮を迎えようとする。だが、蓮はまだ扉のそばから動こうとはしない。そして、緊張で口腔《こうこう》に溜まっていた唾液をゆっくりと飲み下すと、声が震えないよう意識しながら言った。

「その前に約束してもらいたいことがあります」

「御影のことかね?」

「彼の商売に、これ以上手を出さないでください。工員の引き抜きも原料の買い占めもやめて、今すぐ御影の製糸工場から手を引いてください」

「おやおや、あの程度でずいぶんとこたえているのか。本気で牙《きば》を剝《む》くほどでもないとは、御影の若造もたいしたことはないな」

それは、谷崎と御影の商売に対する考えが違うからだ。蓮はそれを知っているけれど黙っていた。この男には何を言っても仕方がない。それよりも、自分がここへ戻ってきた目的を果たさなければならない。

「あなたにとっては人も物も同じでしょう。手に入れたいものは必ず手に入れる。わたしのこともそうだった。貪《むさぼ》るだけ貪れば、あとは娼館にでも売り飛ばすつもりだったんじゃないですか」

蓮の言葉に谷崎は少し眉を上げてから、口元を歪《ゆが》めて笑う。

「外で遊んでいる間に、ずいぶんと生意気な口を利くようになったものだ。だが、おまえのことを物だなどと思ったことはないよ。実の息子のように思っているんだからね」

「いいえ、倒錯した茶番で楽しんでいただけでしょう。そして、わたしがあんな形で屋敷を出たことに腹を立てているだけだ。自ら捨てるのはかまわなくても、逃げられるのも人に奪われるのも気に入らない。だから、取り戻しさえすれば満足する。だったら、わたしさえここに戻れば、御影などあなたにとってはどうでもいいはずだ。違いますか？」

どうせ媚《こ》びても詫《わ》びても受ける仕打ちは同じなのだ。だったら、蓮はずっと心に思っていたこの男に対する憎しみをぶつけてやろうと思ったのだ。

蓮の吐き捨てるような言葉を聞き終えた谷崎は、ゆっくりと長椅子から立ち上がるとすぐそばまで歩いてくる。御影ほどではないが、日本人にしては長身で恰幅もいい谷崎が近づいてくれば、それだけで蓮の体は震え出しそうになる。それでも、恐怖をこらえてじっと相手を睨《にら》み上げた。

そんな蓮を谷崎もまた冷たい視線で見下ろしていたが、なぜかふと表情を和らげる。もちろん、そんな表情の奥には怪しげな感情が隠されていることくらいわかっていた。

谷崎は、昔から泣いて許しを請う蓮を諭《さと》すときに使った声色で言う。

「おまえはわかっていないのだよ。わたしがどれほどおまえを欲しているのかをね。市川《いちかわ》の屋敷で初めて見たのは、おまえがまだ十歳のときだった。母上によく似た美しい目鼻立ちとほっそりとした少女のような体を見て、目が釘づけになったものだ。なんと愛らしい生き物がこの世にはいるのだろうと、心から驚き感動した。それから、おまえは上手にピアノを弾いて聞かせてくれた。そして、わたしの手を引いて庭を案内してくれただろう」

あの頃は父の大切な客人だと聞かされていたし、谷崎もとても紳士的に振る舞っていたのだ。まだ子どもの蓮には彼が腹の中に抱えていたどす黒い欲望など知る由《よし》もなかった。

「おまえはこの屋敷で、自分が囚人のようだと思っていたのだろう。だが、実際はわたしがおまえの虜《とりこ》なのだよ。成長してもなお美しい。どれほど穢《けが》しても美しいままだ。そんなおまえを手放したりするものか。金も物も、人でさえこの手の中を通り過ぎていくだけだ。だが、そんなものはどうでもいい。ただ、おまえだけはほしい。ずっとこの手の中で握っていたいと思う」

そう言いながら、谷崎の手が蓮の頬《ほお》に触れた。ビクッと体を緊張させて、思わず息を止める。

「おまえさえおとなしくわたしのそばにいるのなら、御影のことなどどうでもいい」

「お願いします。これ以上あの人を苦しめないでください」

「そんなにあの男がいいのか？」

「あの人は、大切な人だから……」

「おまえにそう言うことを言わせる男だと思うと、憎しみが込み上げるな」

谷崎の言葉に蓮はハッとして唇を嚙《か》み締める。御影などなんとも思っていないと言えればよかったのかもしれない。けれど、嘘はつけない。それに、蓮が御影のためにこの屋敷に戻る決意をしたことが、すでに谷崎にしてみれば思いどおりであると同時に忌々《いまいま》しい現実なのだ。

蓮の戸惑いと谷崎の葛藤《かっとう》が交錯するわずかな時間が過ぎた。谷崎はあらゆる思いを呑《の》み込んだように頷《うなず》いた。

「いいだろう。御影からは手を引いてやる。ただし、おまえはその代償を支払う覚悟があるのだな?」

もちろん、ある。だから、蓮は一度大きく呼吸をすると言った。

「ええ、おじ様。わたしはあなたのものですから……」


この屋敷は好きじゃない。なにもかもが市川の屋敷と違っている。そして、同じような洋館でも横浜の御影の屋敷ともまるで違う。住む者が屋敷の空気を作っているとしたら、ここの空気は重く淀《よど》んで蓮にまとわりつく。

「逃げ出したことを詫びるのなら、自分が何をすればいいのかわかっているだろう?」

谷崎の屋敷に戻り、また昔のように同じ食卓について夕食を摂《と》った。食事など喉《のど》を通るわけもなかったが、谷崎は上機嫌でワインを飲み、蓮にもすすめてきた。蓮は断ったが、十八ならもうそろそろ酒に慣れてもいい歳《とし》だと言われて、強引にグラスにそそがれてしまった。逆らってどうなるものでもない。どうせ食事も喉を通らないので、ついワインに口をつけてしまった。だが、それが失敗だったと気づいたのは、寝室に連れられていってからのことだ。逃げ出したことを自ら詫びるため、蓮は谷崎の前に跪《ひざまず》いてあの屈辱の言葉を言わされる。

「屋敷を逃げ出してごめんなさい。おじ様、過ちを犯したわたしを打ってください」

「打つだけか？」

その前に言うことがあるだろうと、谷崎はオーク材のドレッサーから使い慣れた縄を取り出してくる。やっぱりそれも言わなければならないのかと、暗澹《あんたん》とした気持ちになる。だが、こんなことはほんの始まりだ。

「縛ってください。以前のようにわたしを縛って……」

「そうか。そうだろう。おまえはそれが好きだったからな。では、立って脱ぎなさい」

言われたとおりにする蓮の後ろで、谷崎はすでに縛りやすいように縄を束ねたり、伸ばしたりしている。何度も何度も蓮を縛り上げてきた手際は驚くべきよさで、いつもあっという間に身動きできなくさせられてしまう。

今夜もまた後ろ手に縛られたあとは、胸にきつく縄を回されて、股間は否応なしに開かされる。ほとんど身動きができなくなった蓮をうつ伏せにすると、谷崎はいつの間にか用意していた乗馬用の鞭《むち》で、二度三度空を切って見せた。その鋭い音に蓮の体が震えるのを見て、谷崎が笑った。

「その白い肌に痕を残したくはないが、今度ばかりは簡単に許すわけにはいかない。辛抱して反省しなさい」

そして、今度は空ではなく蓮の背中を鞭がとらえた。仰《の》け反《ぞ》るほどの痛みに声が漏《も》れる。以前に激昂《げきこう》した深鷺《みさぎ》に乗馬用の鞭で打たれたことがある。だが、深鷺と谷崎では力が違う。それにあのときは腕で自分の体を庇《かば》うこともできたが、今は鞭を受けるままだ。

背中に当たることもあれば尻に当たり、縛られている二の腕、そして脹《ふく》ら脛《はぎ》と肌の柔らかい部分も容赦なく打ち据えられる。

蓮はたまらず身を捩《よじ》って声を上げるが、谷崎の手はけっして止まらない。どのくらいの間だっただろう。鞭の音と蓮の呻《うめ》き声が交じり合って響き、やがて沈黙が訪れた。荒い息の蓮の髪がつかまれて、上半身を引き起こされる。

「少しの間にずいぶんと子どもっぽさが抜けてしまったな。だが、その分だけ妙な艶《つや》っぽさが身についているのはあの男のせいか？　どうやらそれなりには可愛《かわい》がられていたようだな。どうなんだ？」

何を言われても、御影のことについて答える気はない。

「そうか。何も話したくないというなら、話せないようにしてやろう。口を開けなさい」

やらされることはわかっている。この口で谷崎自身を銜《くわ》えて奉仕しろということだ。長い時間そうやって口を支配されていたが、四十をとっくに超えている谷崎は簡単に果てることはない。また、こらえるやり方も心得ている。唇も舌も疲れきって、縛られた体が痺《しび》れてくる。

ようやく口を解放されても、谷崎はやっぱりまだ果てていなかった。

「さてと、今夜は長い夜になるぞ。蓮、覚悟はできていると言っていたな。あの男のためなら、どんなことも厭《いと》わずにするのだろう?」

「おじ様、望むとおりにしてください。わたしはおじ様のものです。これからもずっと……」

心にもないことを言う口がおぞましい。それでも、守るものがあるからこれくらいなんでもない。こんな芝居で喜ぶなら、いくらでもつき合ってやればいい。

谷崎はその夜、蓮をなかなかベッドに上げようとはしなかった。白い体にたっぷり鞭の痕をつけてから、蓮の口で存分に楽しんだ。また、以前と同じように蓮の後ろを慣らし、羞恥を煽《あお》るために張り形を体の中に押し込んできた。そのとき、思い出したように例の写真を持ち出してきて、蓮の目の前にかざす。

「おまえのいない間、この写真だけが慰めだった。よくぞ撮っておいたものだな」

惨めな記録を見せつけられて、蓮は思わず目を伏せる。それにしても、今夜は長い。いつまでこうして嬲《なぶ》り続けられるのだろう。谷崎は使用人にワインを持ってこさせると、蓮の痴態《ちたい》を眺めながらそれをゆっくりと味わって飲んでいる。ときには、床の上で身悶《みもだ》える蓮にも飲ませようとする。蓮が拒《こば》んでも口移しで何度も飲まされて、やがて酔いが少しずつ回ってくる。と同時に、別の生理的な欲求が蓮を苦しめる。そのことを谷崎に言おうとすると、口元を手で押さえて話せないようにしてしまう。そのうち、わざとやっていることに気づいて蓮は青ざめた。

　犬のような扱いを受けたこともあるけれど、こんなことはこれまで一度もなかった。けれど、辛抱できなくなるのも時間の問題だった。

「お、お願いします。おじ様。縄を解いて……」

「どうした？　縄が苦しいのか？　だが、まだまだ許すわけにはいかないぞ。わたしが大事に育ててきたその体を他の男に抱かせた罪は重いからな」

「そ、そうじゃなくて……」

　用を足したいとは言えなくて、蓮は身悶える。谷崎はわかっているくせに気づかないふりをする。そのうち、蓮は泣きそうな顔になって谷崎に縋《すが》る。このままでは部屋で漏らしてしまう。そんなみっともない真似は絶対にしたくなかった。

「お願いしますっ。お願いしますっ、おじ様。どうか、どうか……」

「ああ、そうか。用を足したいのか。ずいぶんとワインを飲んだからな」

　そう言いながら、少し膨らんだ蓮の下腹を手のひらで撫でる。

「い、いやっ、やめて……っ」

　ちょっとでも強く押されたら漏らしてしまいそうで、焦った蓮が身を捩る。すると、谷崎は意外にもさっさと手を離し、立ち上がってどこかへ行こうとする。触れられるのもいやだが、このままで置いていかれるのも困る。

「おじ様、おじ様っ。お願いです。助けて……ぇ」

谷崎は部屋から出て行くことはなかったが、チェストの中から青磁の花器を取り出してきた。

それを見たとき、蓮が小さく声を上げた。

「おや、覚えているのかい。そう、これは市川の屋敷にあったものだ。おまえの父親が大陸で手に入れてきた景徳鎮《けいとくちん》の青磁だ。奥方への誕生日の贈り物だったと思うが、ずっと玄関の間に飾られていただろう」

もちろん、覚えている。父が大陸から大事に持って帰ってきて、木箱と包みを開いたときの母親の喜ぶ顔まで蓮の脳裏にははっきりと刻まれている。だが、谷崎がそれを取り出してきた理由を考えると、これまで以上に青ざめる。

まさかという思いで首を横に振るけれど、いやな予感というものはたいてい当たるのだ。谷崎は花器を蓮の前に置いて言う。

「縄を解いていては間に合わないだろう。体を支えていてやろう。ここで用を足すといい」

「いやだっ。そんなことさせないでっ」

蓮が叫ぶように言った。もちろん、谷崎は聞き入れてくれるわけがない。蓮の体を起こして、縛られたまま膝立たせると、背後に回って手を伸ばし蓮の股間を握る。

「さぁ、出しておしまい。床を汚すような粗相をしないように、こうして持っていてやろう」

それでも懸命に拒もうとしたが、谷崎はまるで蓮の辛抱強さを試すかのように股間を嬲り、下腹を押してはうなじを嘗《な》め上げて体中を刺激する。

こらえきれるわけもなかった。悲痛な泣き声とともに蓮は両親の思い出の品に排泄する。

（ひどい、ひどい、ひどい……）

この男は悪魔だろうか。蓮は眩暈《めまい》で目の前が暗くなる中で思った。谷崎は人の心も尊厳も願いも、すべて踏みにじって平気でいられる男なのだ。そして、自分はそんな男の手の中で弄《もてあそ》ばれるだけの人形でしかない。

魂が死んでいく。御影のもとで息を吹き返した蓮の命が朽ち果てていく。涙がこぼれても、もう頬が冷たいと感じることもない。縄を解かれても、痺れた手足は逃げ出す力がない。ベッドに引き立てられて体を貪り喰われる。

いっそ皮をはぎ、肉を喰らい、骨までしゃぶって何もないまでにしてくれればいいのに。けれど、願ったことは何一つ叶《かな》わない。この屋敷は地獄の檻《おり》なのだ。逃げ出すこともできなければ、苦しみが永遠に終わることもない。

谷崎の屋敷に戻って悪魔の洗礼を受けた蓮は、その後も夜毎谷崎の腕の中で悶え苦しんでいた。たった一つ救いがあるとしたら、谷崎が御影の商売に手を出すことをやめてくれたことだけだ。

それについてだけは蓮も何度も確認した。口先でごまかされたら、悪魔に魂を売った意味がない。谷崎は蓮を「谷崎商会」に連れていき、その週に入ってから製糸工場の工員の引き抜きや原料買い占めの指示を出していないことを証明してくれた。

各部署から提出された業務内容を書き留めた日課記録にも、自身の八王子の製糸工場に関してはこれ以上の拡大はなしと記載されている。新聞も毎朝のように確認しているが、御影の経営する愛甲《あいこう》の村の製糸工場が倒産したという記事はないから、とりあえずは持ちこたえているのだろう。

犠牲になったつもりはない。これがもともとの形だったのだ。今の蓮は安堵《あんど》とともに自分の宿命を考えていた。両親を失うことも、地獄の檻に繋《つな》がれることも、きっとすべては決められていたことなのだ。

(だったら、彼に会うことも……?)

自分は御影に出会うべくして出会ったのだろうか。蓮には正直よくわからない。けれど、蓮は御影に出会い、彼と過ごした時間があってよかったと思っている。最初の頃こそ彼という人間がよくわからず、御影もまた蓮をどう扱えばいいのか探っているようなところがあった。

蓮が警戒すれば、御影は暴《あば》きたてようとした。今思えば、蓮が素直になりさえすれば、御影は最初からそれなりの対応をしてくれていたようにも思う。だが、谷崎に騙《だま》されて疑心暗鬼の塊《かたまり》のようになっていた蓮には、周囲の誰も信じることができなくなっていたのだ。

谷崎の屋敷に戻ってきて二週間あまりが過ぎ、蓮はときおり御影の屋敷を懐かしく思い出す。不思議なことだけれど、あの横浜の屋敷が市川の屋敷以上に夢に出てくるのだ。最初に与えられた質素で何もない使用人部屋でさえ今は思い出深い。

蓮は閉じ込められている部屋の窓辺に行き、屋敷の中庭を見下ろした。一昨日から冬支度のために庭師が入って庭木の手入れをしている。市川の屋敷でもこの季節はいつも一週間ほど、庭師が屋敷の離れに詰めていた。

樹木の囲いを作り、松やソテツにこも巻きをする。庭師の横では若い見習いが落ち葉の掃除に余念がない。しょっちゅう親方に怒鳴られているところを見ると、最近この仕事に就いたばかりなのだろうか。

歳の頃なら蓮と同じくらいに見える。体もまた蓮と同じように華奢《きゃしゃ》で、力仕事には向いてそうにもない。親方に叱《しか》られてばかりでいやにならないだろうか。でも、彼には自由がある。

蓮も御影の屋敷で使用人として働いていた頃は、次から次へと用事があったけれど、ときには時間を見つけて書斎で本を読んだりもした。

掃除の合間に隠れて読んだ「オネーギン」はおもしろかった。そのとき、蓮はふと思い出したように自分が持ってきた風呂敷包みを開いてみた。

御影が蓮のために買ってきてくれたドストエフスキーの「カラマーゾフの兄弟」。早くページを開いて読みたいけれど、これを読み終わってしまったら御影との思い出が今度こそ途切れてしまいそうで怖い。蓮は何度も革の表紙を手のひらで撫でると、もう二度と会えないだろう人を思って涙をこぼす。

今になって、自分はこんなにも御影が好きだったのだとわかった。友人として迎えようと言ってくれたとき、それならば受け入れられるし、信じてみようと思った。けれど、やがてそれが物足りなくなったのは自分のほうだ。御影は誠実に約束を守ろうと努めてくれていた。そんな姿を見ているうちにいつしか蓮自身がもどかしくなり、より近くに彼を感じていたいと思うようになった。

御影の声や微笑《ほほえ》む顔や蓮の頬に触れる指先の感触を思い出すと、この胸が締めつけられるようにせつなくなる。忘れてしまわなければならないと思っているのに、あと一日だけ、あと少しの間だけと心が未練がましく思い出に縋る。

そして、谷崎が屋敷に戻ってくれば、蓮はまた地獄へと引きずり下ろされるのだ。もう生きている意味も見つからない。

クリスマスには終わるだろうと思われた戦争は、晩秋になっても終焉《しゅうえん》の気配すら見えない。ヨーロッパの国々は戦いに疲弊していき、多くの人の命が失われ、やがて日本も大戦景気の大きなツケを支払わされる日がくるような気がしていた。

戦場にいる兵士たちは、塹壕《ざんごう》の中で家族のもとへ帰る日を夢見ているのだろう。だが、蓮には帰る場所もなければ家族もいない。明日などどこにも見えない自分が、こうして生きながらえている意味はどこにあるのだろう。

もう死が迎えにきてくれるまで待てる気がしない。近頃は本当にそう思うのだった。

◆

「もう、堪忍して、おじ様……」

　その夜も、谷崎は屋敷に戻るなり蓮を自分の寝室に連れ込んでいた。裸の蓮は両手をベッドの柱に縛られ、膝裏には長い竹の棒を挟まれて、足が閉じられないように左右の端に括《くく》りつけられていた。

　竹の棒を持ち上げられれば、開いた両膝がそのまま持ち上がり、股間は無防備に晒される。それを自分の手でおさえているのに疲れた谷崎は、棒の真ん中にも縄を渡して、ベッドヘッドに縛りつけた。

「さて、今夜は新しい道具を手に入れた。おまえの中が喜んでくれるといいのだがね」

　そう言うと、谷崎は象牙でできた大きな張り形を怯《おび》える蓮の頬にこすりつける。

「大丈夫だよ。今夜は丁子油をたっぷりと使ってやろう」

　その言葉どおり、周囲では少し甘く鼻に抜けるような香りがした。けれど、どんなに丁子油を使ったところで、これまでにない大きさのそれを押し込まれると思うと、蓮はたまらず泣いて懇願してしまう。

「おじ様、お願いします。それはいや。体が壊れてしまいます。だから、許して……」

「壊したりするものか。どうしてわたしが大切なおまえを壊したりするんだ？　こんなにも毎晩愛でてやっているのに、今もまだわたしが信じられないのかい？　寂しいことだな」

淫靡《いんび》な笑みとともに、谷崎は蓮の窄《すぼ》まりに張り形の先端を押し当てる。

「いやっ、む、無理ですっ。おじ様っ、おじ様……っ。んんーっ、あぅ……っ」

懇願も虚しく、それは肉を分け開きながら体の中へと潜り込んでいく。嗚咽《おえつ》交じりの悲鳴が部屋に響き渡るが、今夜もどこからも救いの手はやってこない。

丁子油の滑りで抜き差しされる張り形が淫《みだ》らな音を響かせて、蓮の心を挫《くじ》いていく。痛みと恥辱が蓮から魂を抜き去っていく。

そのときだった。部屋の扉を叩く音がして、ハッとしたように谷崎が動きを止める。この時間に谷崎の寝室を訪れる者がいるなんて、蓮にとっても意外だった。

谷崎は不服そうな様子でガウンを羽織るとベッドを下りて扉に向かう。その間も蓮の体は拘束され、後ろには張り形が入ったままだった。

「なにごとだ？」

扉を開けると、廊下に立っていたのは使用人頭の男だった。

「旦那様、警察の方がいらしています。なんでもドイツ人の間諜《かんちょう》がこの屋敷に逃げ込んだとか……」

「どういうことだ？」

「それが、なんともよくわからない話なのですが、とにかく屋敷の主《あるじ》を呼べとおっしゃっていまして」

蓮が張り形に苦しみながらも聞き耳を立てていると、そんな会話が聞こえてきた。

なんだか奇妙な話だとは思ったが、今の自分はそれどころではない。谷崎は首を傾げながらも、警察を追い返すわけにもいかず応対のために部屋を出て行く。

そして、部屋にはたった一人蓮だけが残されて、少しでも己の体を楽にしようともがき続ける。必死で下半身を動かしているうちに、丁子油で滑るようにして張り形が窄まりから抜け落ちた。ホッとしたものの、体はまだ不自由な格好で縛られたままだ。

どうにかして足だけでも下ろせないかと膝を動かしていると、扉が開く音がした。もう谷崎が戻ってきたのかと思うと、蓮の体はまた緊張で硬くなる。

だが、廊下のほうを気にしながら後ろ向きで部屋に入ってきたのは谷崎ではなかった。

「だ、誰……っ？」

この部屋は谷崎以外の者は入れないはずだ。だが、振り返ったのは粗末な身なりで首に手ぬぐいをかけた若い男だった。わりと整ったきれいな顔はどこかで見たことがあるような気がしたが、すぐには思い出せない。ただ、その質素な格好は最近見かけたことがある。

確か、中庭で植木の手入れを手伝っていた庭師の見習いだ。

「おや、まぁ。えらい目に遭ってるなぁ」

若い男が呆《あき》れたように肩を竦《すく》めて言ったかと思うと、素早くベッドに近づいてきて蓮の手足にかかっている縄を解いてくれる。

「あ、あの、君は……？」

「俺だよ、俺。わかんないかな」

その声もどこかで聞いた覚えがあるが、どうしてもすぐには頭に浮かんでこない。すると、男は短く刈った頭に手ぬぐいを被ると、その端をしどけなく嚙んで言った。

「紅茶なんか嫌い。冷たいコーヒーがいい。この屋敷の厨房《ちゅうぼう》なら、それくらい作れるだろ」

その言葉を聞いたとき、蓮は思わず「あっ」と声を上げた。短い髪を隠して、顔の輪郭と目鼻立ちだけを見ていたら、その声もすぐに思い出した。

「そう。深鷺だよ。今はもう男娼は廃業したから、本名の準之助《じゅんのすけ》だけどね」

「じゃ、庭師の見習いを……？」

「あれも仮の姿だよ。御影様に頼まれてね」

御影の名前を聞いて蓮が驚きに目を見開くと、準之助と名乗った深鷺がそばにあった洋服を蓮に投げて言う。

「ほら、さっさと着てここから逃げるんだよ」

「に、逃げる？　でも、谷崎が……」

「大丈夫。警官が足止めしてる。だから、今のうちに裏口から逃げるんだ」

「警官って、どうして警官が急にきたのか……」

わけがわからない蓮を、準之助は手を振ってとにかく急《せ》かす。

「そんなことはいいから、早くしろって。それとも、あのヒヒ爺《じじい》にずっと嬲られて暮らしたいのかよ。毎晩そんな道具でいたぶられてちゃ、そのうち体も頭もおかしくなるぞ。金で買われている男娼だって、あそこまでやられちゃいないぜ」

元男娼だった準之助に言われて蓮はカッと頬を赤くしたが、今はそれどころではない。絶対にこないと思っていた救いの手がやってきたのだ。だが次の瞬間、自分が断腸の思いでこの場所に帰ってきた理由を考える。今逃げたら、また御影が谷崎に商売の妨害を受けるかもしれない。

一度はベッドから下りかけて、蓮がピタリと動きを止める。それを見て、準之助が声を潜めながらも苛立ったように怒鳴る。

「何グズグズしてんだよっ。奴が戻ってきたらおしまいだぞっ」

「でも、わたしが逃げたら、また御影様が……」

洋服を両手に抱えたまま戸惑っている蓮を見て、いきなり準之助が両肩に手をかけてきて力一杯体を揺さぶった。

「おい、何を迷ってんだよっ。いいか、この機会を逃したら、もう二度とあの人には会えないんだ。ずっとヒヒ爺に弄ばれて、抜け殻みたいな人形になっちまって死んじまうだけだぞっ」

そんな鋭い言葉を投げつけられて、蓮はブルッと身を震わせる。準之助の言うとおり、今逃げなければ自分は魂の抜けた廃人同様になるか、死を選ぶかしか道がない。

それなら、せめてこの身と心が朽ち果てる前に、もう一度だけでも御影に会いたい。そして、蓮の中にわずかな「生」への未練が湧き上がる。

あとはもう無我夢中だった。すぐに洋服を身につけると、蓮は準之助と一緒に部屋を出た。階下の応接間ではまだ谷崎が警官の質問を受けているらしい。使用人頭が不安そうに部屋の前を行ったりきたりしている。

「おい、そっちの階段は使えない。裏の使用人用の階段を使うんだ。ただし、古くて軋《きし》みやすいから、できるだけ音を立てないように端を踏んで下りろ」

蓮は黙って頷いて準之助のあとを追う。階段を下りきると厨房の横の廊下に出る。この時間はもう電気も消されて真っ暗だが、その奥に料理人たちが休んでいる部屋がある。うっかり物音を立てれば、誰かが起きてこないともかぎらない。

慎重にそこも通り過ぎて裏口までくると、あとは中庭を突っ切って勝手口から外に出るだけだ。ただ、問題は中庭を突っ切る際に、応接間の窓から見える場所があることだった。警官や谷崎が窓のほうを向いて立っていたら、二人が走って逃げる姿を見られるかもしれない。その可能性はさほど高くないが、万一のことを考えると蓮の心臓は痛いくらい激しく打っていた。

「昼間に枯葉は全部掃除しておいたけど、できるだけ芝生の上を走るんだぞ。応接間から見えるところでは背を低くして走れ。部屋からの灯りが届かなければ、黒い塊が動いていても野良猫とでも思うだろうさ」

この数日で逃げ出すための道順を入念に確認していたのか、準之助はここでも細かい指示を出す。蓮はそんな彼をたのもしく思いながらも、懸命に呼吸を整えて走る準備を整えた。

「いいか、俺の合図で一緒に飛び出すんだぞ」

蓮はわかったと強く頷いてみせる。

「よし、一、二、三っ。今だっ」

準之助が小声で鋭い合図を出し、蓮が急いで彼のあとに続く。中庭はざっと二十メートル四方。ほんの数秒で駆け抜ける距離が、まるで何分にも感じられた。応接間の窓を振り返る勇気はなかった。とにかく、谷崎がこちらを見ていないことを祈るだけだ。

「もう少しっ。こっちだっ」

準之助の背中を追って、手招きされたほうへ行くと勝手口が見えた。その手前の茂みに潜り込んでしまえば、もう応接間の窓を気にすることもない。だが、あと一歩というところで、すぐそばの紅梅の木にとまっていた鳥が物音と人の気配に驚いたように枝から飛び立った。

「チッ、しまった」

準之助が小さく吐き捨てる。そのとき、応接間の窓が開き、谷崎が中庭の様子をうかがう。警官から間諜が逃げ込んだと聞いたばかりだから、物音を聞いて怪しげな者がうろついているのかもしれないと思ったのだろう。

準之助と蓮は二人で身を寄せ合って茂みの中で息を殺す。ゆっくりと中庭を見渡していた谷崎だが、やがて鳥の羽ばたきが聞こえなくなって、窓を閉めるとそこから離れていった。

大きく安堵の吐息を漏らした二人は、一度顔を見合わせてからまた勝手口に向かう。勝手口はかんぬき一つだけなので、内側から簡単に開いた。静かに滑るような足どりで屋敷から出ると、準之助は蓮の手を引いて走り出す。そんな彼の背中に向かって蓮がたずねる。

「あの、どうして助けてくれたの?」

深鷺は蓮のせいで御影から声がかからなくなったはずだ。それで男娼を廃業したのなら、金が稼げなくなって家族を養っていくのも大変だろう。彼に恨まれることはあっても、助けてもらう理由がないと思うのだ。

だが、振り返った準之助は深鷺の頃とはまるで違う、男らしく健康的な笑顔を浮かべてみせる。

「御影様が足抜けさせてくれたんだよ。俺に声がかからなくなったとき、あんた心配してくれたんだって? 御影様が蓮に言われたからって、男娼をやめたあとの就職口も紹介してくれた。今は横浜の元町《もとまち》にあるパン屋で見習いやってんだよ。給金は男娼のときほどじゃないけど、残ったパンももらえるし、なんとか家族を喰わせていける」

驚きながらも蓮がホッとして笑顔を浮かべると、準之助が少し照れたように言う。

「これでも一応感謝してんだよ。あのまま男娼なんかやってても、歳をとればどうにもならなくなるし、体を壊していたかもしれない。だから、今回のことは恩に着る必要はないからな」

それでも、やっぱりこれは一生恩義に感じることだと思った。

やがて谷崎の屋敷から五百メートルほど離れた場所にきて、準之助が足を止めたので蓮も同じように足を止める。そこで二人はしばらくの間息を整えた。夢中になって谷崎の屋敷を飛び出してきたけれど、これからどうしたらいいんだろう。横浜に帰るにしてもここからではあまりにも遠すぎるし、着の身着のままの自分は列車に乗る金も持っていない。

準之助はどうするつもりなのかたずねようとしたら、彼が声を潜めて蓮に告げる。

「いいか、この道をまっすぐ行ったら街灯があるから、そこを右に曲がるんだ。金物屋の看板があってその先の路地に御影様の乗った車が停《と》まっている」

「えっ、み、御影様が？　本当に……？」

まさか御影本人が東京に出てきているなんて思わなかった。

「嘘じゃないさ。いいから行ってみな。首を長くして待ってるはずだ」

驚く蓮の背中を押して準之助は早く行けと合図をしながら、自分はその場で背後から追っ手がこないか確認している。

「あの、君も、一緒に行かないと……」

蓮がそう言って手を引こうとしたら、準之助が首を横に振る。

「俺はいいんだよ。このまま友達のところへ行くから。そこで一晩泊めてもらったら、明日は朝一の列車で横浜に戻る。御影様から列車代ももらってるしな」

「急に仕事を放り出して逃げたら怪しまれないかな？　本当に大丈夫？」

「平気だ。身元も名前も嘘を言ってあるし、庭師の親方に怒鳴られてばかりで、嫌気が差して逃げ出したって思うだろうさ」

自分よりずっと世慣れしている準之助だが、まだ蓮が心配そうにしているとなぜか彼が小さく笑った。

「あんたさ、使用人にしては奇妙だと思ってたけど、本当はいいところの坊ちゃんだったんだな。まったく、坊ちゃんなのに使用人やったり、偉い社長さんが押し込みをしようとしたり、金持ちってのは何考えてんのか、庶民にはよくわかんねぇよ」

準之助が呆れたように言ったので、蓮がいよいよわけがわからなくてたずねる。

「えっ、どういう意味？」

蓮が使用人をしていたのは理由があってのことだが、社長が押し込みというのはなんのことだろう。

「俺が御影の屋敷にパンを届けにいったら、あの村上《むらかみ》とかいういけすかない爺に御影様が珍しく怒鳴ってんだよ。何事かと思ったら、蓮を取り返しに谷崎のところへ乗り込むって息巻いてさ。爺さんが必死で止めてんのに聞きやしない。あの人、いつも飄々《ひょうひょう》としていたから、あんな姿は初めて見たな」

「そ、そうなの……？」

「でさ、御影様が飛び出していこうとしたところで、村上の爺さんが食堂にあった皿を引っつかんで床に叩きつけたわけ。そしたら御影様がすごい驚いて、やっと冷静になったんだよ」

村上にしてみれば主人を羽交い絞めにするわけにもいかず、御影に冷静さを取り戻させるための苦肉の策だったのだろう。そこへ準之助が入っていって、村上が一案を講じたらしい。それからのことは御影と村上が段取りを組んで、準之助が谷崎邸に忍び込む役目を買って出てくれたということだった。

「大変なことをさせてしまってごめんね……」

あらためて詫びを言うと、準之助は顔の前で手を振ってみせる。

「いいんだって。それより、深鷺のときは意地の悪い真似をしちまって、俺のほうこそ悪かったよ」

準之助は照れながらも、過去の自分の所業を恥じるように言った。

「気にしてないよ。わたしが悪かったところもあると思う」

きっと自分では気づかないうちに、鼻持ちならない雰囲気を作っていたのかもしれない。

「それじゃ、さっさと行きな。御影様によろしくな」

頷いた蓮が小さく手を振って言う。

「準之助くん、ありがとう」

「準之助でいいよ。じゃ、またな」

そう言い残して、彼は闇に溶けるように駆けていった。あとはもう懸命に御影のいる場所に向かって走るだけだ。街灯を右に曲がり、金物屋の看板の先の路地まで行く。

（もう少し……）

その先の物陰から御影の姿を一目見たら、蓮はもう何も思い残すことはない。危険を冒してまで骨を折ってくれた準之助には申し訳ないが、御影の姿を見たら蓮はすぐにまた谷崎の屋敷に戻ろうと思っていた。

本当は御影のところへ帰りたいけれど、そうすれば谷崎は今度こそ「極東貿易商会《きょくとうぼうえきしょうかい》」を完全に潰《つぶ》しにかかるだろう。とても大切な人だから、自分のせいで御影が苦しむ姿を見るのは耐えられない。もし、御影がそれでも己の窮地を顧みず蓮を取り戻そうとするのなら、そのときははっきりと自分の意思で谷崎のもとに残ると告げるつもりだった。それが御影のために蓮ができるたった一つのことだから。

そう思って、御影の乗る車が待っているという路地の近くまできたときだった。

「蓮っ、こっちだ」

暗闇の中からいきなり名前を呼ばれて、ハッとしたように顔を上げる。自分が向かおうとしていた路地から姿を見せて蓮を呼ぶのは、見慣れた長身の背広姿の男だった。

「み、御影様……っ」

彼が蓮の姿を見て手招きをする。てっきり車の中で待っていると思っていたのに、御影は冷たい秋の夜風で艶やかな黒髪が乱れるのも気にせずそこに立っていた。

驚いて蓮がその場に立ち尽くしていると、大股で駆け寄ってきた御影に素早く二の腕をつかまれる。そして、アッという間に彼の腕の中に抱きとめられていた。

その姿を見たらすぐに谷崎のところに戻ろうと思っていたのに、こうして強く抱き締められると、蓮の心が脆《もろ》くも崩れ落ちていく。と同時に、緊張の糸が解けて涙が溢《あふ》れそうになったとき、抱き締められた体が引き離されて、いきなり蓮の頬を御影の平手が打った。けっして強くはなかったが、その表情にははっきり怒りがこもっていた。

「なぜ勝手な真似をしたっ？　どれだけ心配したと思うんだ。まったく、わたしの気持ちも知らないで……」

「ご、ごめんなさい。でも……」

「言い訳はいい。どうせ、自分が谷崎のところに戻ることで、わたしの商売を救おうとしたのだろう。だが、やられっぱなしで指を銜えているだけの男と思われていたのなら心外だな。わたしが本当に谷崎に潰されるとでも？　それほどまでに、わたしを見くびっていたのか？」

矢継ぎ早に責め立てられて、蓮は何度も首を横に振る。

「そうじゃない。そうじゃないけれど……」

「たとえそうだったとしても、おまえを渡して助かったところでなんの意味があるんだ?」

たった今力一杯その胸に抱き締めてくれた御影が、蓮を本気で叱っている。準之助も言っていたように、こんな御影を見るのは蓮も初めてだった。

御影のためを思ってしたことが、もしかしたらとんでもなく驕《おご》った考えだったのかもしれない。蓮は急に自分自身を恥じて、その場で身を縮めてしまった。

そのとき、街灯の少ない通りの向こうからザッザッと革靴が地面を踏みしめる音がして、誰かがやってくる気配がした。ハッとした二人が路地から通りをうかがい見ると、さっき谷崎の屋敷を訪ねていた警官二人がこちらに向かって歩いてくる。

こんな時間に路地に隠れている者がいたら、怪しまれるに違いない。そう思った瞬間、御影が蓮の手を引いてすぐそばに停めてあった車に乗り込む。が、そこでまた蓮が驚いたのは、中には運転手がおらず御影自身が運転席についたからだ。

「み、御影様、まさか……っ」

「早く乗れっ。連中に捕まると厄介だ」

それでもまだ戸惑っていると、早くしろと小声で怒鳴られ慌てて蓮が車の助手席に飛び乗る。

「しっかりつかまっていろよ。運転は久しぶりなんだ。まだあまりカンが取り戻せなくてな」

そう言ったかと思うと、御影はアクセルを吹かして一気に車を発進させた。いきなり車が走り出した反動で蓮の体が座席の背もたれに押しつけられる。

自動車には何度も乗ったことがあるが、さすがにこんな乱暴な運転は初めて経験する。だいたい御影が運転できるなんて知らなかった。

路地から飛び出してきた車を見た警官はぎょっとして一度足を止めたが、すぐにサーベルを抜いてそれを振り上げながら車を追いかけてくる。

「おいっ、そこの車、止まれっ。止まらんかーっ」

二人の警官が口々に叫ぶが、その怒鳴り声はどんどん遠ざかっていく。

「無理無理。自動車に追いつこうなんて、馬でも無理だ」

御影は余裕で笑いながら言っているが、蓮は悲鳴を上げても舌を嚙みそうで怖かった。だが、そんな乱暴な運転でもやがて警官の姿が見えなくなると、いくらか気持ちが落ち着いてきた。

「これからどこへ？」

まさかこんな夜遅くに車を飛ばして、横浜の屋敷まで戻るわけにもいかないだろう。途中は街灯すらない田舎道が続くからとても危険だ。それに、この時刻だと駅に行っても横浜行きの最終列車は出てしまっている。

すると、御影は運転のカンを少しずつ取り戻してきたのか、滑らかに方向転換しながら東京帝国大学の方角へと向かう。第一高等学校に通っていた蓮にとっても懐かしい景色が暗闇の中で目に映る。

「今夜はシュタイナー博士のところにお邪魔することにした。この間は蓮もゆっくり話ができなかったし、ちょうどいいだろう」

「でも、シュタイナー博士は監禁状態にあるんじゃないんですか？」

「このご時世だ。なんでも以前どおりというわけにはいかないが、日常生活の自由は保障されているそうだ。まして彼は軍のお偉方の主治医もやっている。来客を迎え入れるくらいは大目に見てもらえるだろう」

本当にそうだろうか。案じる蓮を横目で見て、御影が手を伸ばし頭を撫でてくれる。そのとき、いつもの彼の笑顔を見ることができて、蓮もようやく安堵の吐息を漏らした。

シュタイナーが来客を門番に伝えておいてくれたのか、御影の運転する車が咎められることなく闇にまぎれて大学構内へと滑り込む。大学の寮の裏に異国からやってきた教師たちの暮らす屋敷が並んでいるが、そのうちの一つの玄関先にシュタイナーが立っているのが見えた。

「やぁ、シュタイナー博士。夜分に恐れ入ります」

玄関前の車寄せに停車して、御影がドアを開きシュタイナーに挨拶をする。シュタイナーもまた両手を広げて御影を歓迎していた。

「政府のお抱え教師とはいえ、近頃は敵国の人間を誰も訪問してくれなくてね。ちょうど退屈していたところだ。歓迎するよ」

そう言うと、シュタイナーは助手席から降りてきた蓮のことも抱き締め無事を喜んでくれた。

「シュタイナー博士、お元気そうでなによりです。あまりご不自由なく暮らされていればよいのですが」

「心配はないよ。それなりに退屈しのぎはある。御影氏のように思わぬ悪巧みを持ちかけてくる友人がいるのでね」

「悪巧みですか？　それはいったい……」

どういう意味かと蓮が不思議に思ってたずねるが、詳しい話は中でしようと屋敷へ招かれる。

蓮を促《うなが》し御影とともに玄関を入るシュタイナーの背後には、たった今までエンジンを響かせていたT型フォードが黒いボンネットを光らせていた。


「久しぶりに楽しかったな。警察がきてあれこれ訊《き》くと、顔色を変えてすっ飛んでいったよ」

日本贔屓《びいき》のシュタイナーはワインではなく、日本酒を用意して二人を歓迎してくれた。蓮は飲まないが、御影は日本酒も嫌いではないので、笑顔でシュタイナーの晩酌につき合っていた。

「無理を頼みました。このご恩はまた何かの形で必ずお返しします」

「そうだな。できれば新しい顕微鏡がほしいな。それに、ドイツで新たに開発されたという抗生物質がある。あれもぜひ手に入れたい」

「すべては戦争が終わってからの話ですが、約束しましょう」

二人の会話を聞きながら、蓮が未《いま》だ事情がすべて呑み込めずに御影の顔を見る。すると、シュタイナーが使用人に用意させた温かいレモネードのグラスを蓮に手渡しながら言う。

「優秀だった君が学校をやめた本当の理由は御影氏から聞かされた。そして、このたびのこともね。谷崎という男から君を取り戻したいというのなら、わたしが友人に協力しない理由はない。それで、少しばかりたわいのない嘘を警察に密告したんだよ」

それは、ドイツ人のシュタイナーのところに賊が押し入り、日本に関するさまざまな資料を持ち出したというものだった。警察がきて事情を訊かれたとき、シュタイナーは自ら散らかした部屋の中に立ち、神妙な顔で達者な日本語をわざと片言にして話しながら警官に告げたのだ。

『賊はこのまま谷崎の屋敷に逃げ込めばいいと言っていました』と。

もちろん、真っ赤な嘘だったが警官はすぐに色めきたった。というのも、今年の初めに起こったシーメンス事件のことがまだ記憶にあったからだ。シーメンス社と海軍の癒着を取り持っていたのが谷崎だというのは、あの当時世間でまことしやかに噂されていたことだ。

あのときは怒りに満ちた暴徒が谷崎の屋敷にも押し寄せたくらいで、蓮はそのおかげで逃げ出すことができたのだ。武器の売買で多額の利益を上げているという、黒い噂のたえない谷崎のことだ。敵国と通じて商売をしている可能性も考えられないことはない。

政府お抱えのシュタイナーが片言の日本語で懸命に話してみせれば、警官も嘘は言っていないと思い込む。だったら、いかにも怪しげな谷崎の屋敷を調べに行くしかないだろう。ただし、谷崎もまた豪商で知られた男だ。証拠もなく大勢で押しかけては責任問題になりかねない。

そこで警官二人が訪ねていったところ、待ち構えていた準之助が蓮を屋敷から予定どおり連れ出したということだった。

「村上の助言があったので、わたしも冷静になれた。蓮が屋敷からいなくなったと聞いたときは、本当に目の前が真っ暗になったんだよ」

「申し訳ありません。勝手な真似をしてしまいました。ただ……」

それでも言い訳をしようとして、蓮は自分の唇を噛み締める。すると、御影が蓮の前に立ち、その手でそっと頬を撫でてくれる。

「おまえの気持ちはわかっているよ。けれど、もう少しわたしを信じてほしかったね」

「信じていました。信じていたのに……」

自分さえ犠牲になれば、すべてうまくいくという思い込みこそが誤りで驕った考えだったと思う。その結果、こうして多くの人に迷惑をかけてしまったのだから。

蓮は自分のあさはかな考えが情けなくて、涙がこぼれそうになった。

「人のために犯した過ちは、誰にも責められはしないよ。人間はそういう生き物だ。そういうふうに神が望み、そう造ったのだから」

シュタイナーがキリスト教徒としての言葉で蓮を慰めてくれる。そして、御影も今一度蓮を諭す。

「おまえの行動はわたしを喜ばせて、そして悲しませたんだ。想われていることの喜びと、愛するものを失った悲しみだ。だが、悲しみのほうがより深い。このまま会えなくなるかもしれないと思うと、心が張り裂けそうだった。だから、我を忘れてどうすればいいのかわからなくなった。村上がいなければ、わたしは今頃牢獄の中にいたかもしれないな」

本人も苦笑交じりで言っているものの、準之助が話してくれた御影の困惑と焦燥《しょうそう》ぶりは、どうやら大げさなものではなかったようだ。

「わたしは、あなたからたくさんのものをいただきました。なにより、人を信じる気持ちを思い出させてもらいました。だから、ささやかな恩返しができればと思ったんです。今にしてみれば愚かだったとわかるけれど、あのときはそうするしかないと思った」

御影の腕に額を寄せて後悔する蓮と、そんな蓮の背を優しく撫でる御影。やがて二人はどちらからともなく、互いの背に手を回して強く抱き締め合う。そして、今にも唇が重なり合おうとしたとき、シュタイナーが困ったように咳払いをした。

「わたしはクリスチャンなんだが、長く日本にいすぎたせいかどうも戒律《かいりつ》には疎《うと》くなってしまったようだ。愛情と友情はどちらが大切かといえば、それはパンとワインのようなもので比べようがない。つまりは、そういうことだな」

御影と蓮の関係を察したシュタイナーは、己自身をごまかすようにそんな言葉を口にすると、グラスにそそいだ日本酒を一気に飲み干した。

その夜、彼らは存分に日本酒を酌み交わし、シュタイナーは久しぶりに退屈を紛らわし、御影は何度も蓮の顔を見て微笑んでいた。

蓮もまたそんな二人の様子を見ながら、自分が地獄から救い出されたことに深く感謝し、己の命を粗末にしなかったことに胸を撫で下ろしていたのだった。

◆◆

一夜明けて、列車に乗るため昼前にはシュタイナーの屋敷をあとにすると、また御影の運転で駅へと向かった。

「車の運転は、学生時代にドイツで何度か習ったことがある。車種はフォードではなくて、メルセデスだったがね。まぁ、運転は似たようなものだ」

そう言う御影はすっかり運転のカンを取り戻したのか、昨夜と違って明るい街中だからなのか、ずいぶんと巧みにハンドルを切っている。

「それにしても、ご自分で運転されるのはあまり感心できません。助けてもらっておいて、こんなこと言うのは憚《はばか》られるのですが、あまり危ない真似をされては皆が心配します。もちろん、わたしも……」

蓮が遠慮気味に言っても御影は笑い飛ばしているが、昨夜のことを思い出せばいまさらのように肝《きも》が冷える。逃げ切れたからいいようなものの、運転に不慣れな御影が事故でも起こして警官につかまっていたら、谷崎よりもこちらのほうが大きな面倒を抱えることになっていた。

「さすがに谷崎の屋敷に乗り込むことは村上とミサギに止められたが、自分だけ横浜の屋敷でじっとしていることなどできなかった。おまえを取り戻したら、一刻も早くその顔が見たかったしな。ならば、自分のできることはこれくらいしかなかったということだ」

充分すぎると蓮は思った。でも、無謀だ。そして、彼を無謀に駆り立てたのは自分だとしたら、これからは己自身の行動を慎重に考えるべきだと思った。

新橋《しんばし》駅までくると待っていた業者に車の鍵を渡し、そこからは列車で横浜に戻る。列車の中で蓮はこれからのことを案じていた。

こうして御影のもとに戻れたのは嬉しいが、谷崎がこのまま黙っているとは思えない。蓮が彼の慰み者になっていることで御影の製糸工場への手出しはしないでいてくれたが、蓮が忽然《こつぜん》といなくなれば当然のように御影の手引きを疑うだろう。そうなれば、以前以上に容赦のない妨害をしてくることは容易に想像できる。

「本当に大丈夫でしょうか?」

蓮が不安を隠しきれずにたずねると、御影はにっこりと笑ってみせる。

「そろそろ、頼んでおいたものが神戸《こうべ》からやってくる頃だ。それが手に入れば、今度は遠慮なく反撃させてもらうさ。図らずも、昨夜の一件で伏線も張っておいたことだし」

神戸といえば、蓮が屋敷を出た前日に御影も関西に出かけていた。新しい商売の話でもあるのかと思っていたが、そうではなかったようだ。頼んでおいたものとはいったいなんだろう。そして、誰にそれを頼んだというのだろう。それがあれば、本当に谷崎を追い詰めることができるのだろうか。

蓮が訊いても、列車の中ではそれ以上詳しい話は聞かせてもらえなかった。それでも、もう御影を信じると決めたから、蓮は何があっても彼のそばから離れるまいと思っていた。

横浜に戻ってみれば、二週間あまりの不在だったのに御影の屋敷がとても懐かしく感じられた。

「蓮様、ご無事でお戻りになられて、本当によかったです」

村上がそう言って出迎えてくれた。

「心配をおかけして申し訳ありませんでした。村上さんのおかげで、こうして帰ってくることができました」

「すべては旦那様のお力ですよ」

主人を持ち上げて言うけれど、村上があのとき誰よりも冷静でいてくれたからこそ、こうして御影と蓮は揃って帰ってくることができたのだ。

そして、その日の夕刻、御影が待っていたものが届いた。それを持ってきたのは、神戸からやってきた御影の友人でもある田神《たがみ》だった。

「予想以上に早かったな」

そう言って田神を歓迎すると、御影は蓮にも一緒に夕食の席につくように言った。名前は何度も耳にしていたし、以前に彼がこの屋敷を訪ねてきたときも、蓮はすでに使用人として働いていたので遠目に見かけてその顔は見知っていた。

老舗《しにせ》の造り酒屋の二代目である彼は、神戸では名の知れた豪商でもあるという。芦屋《あしや》に大きな屋敷を構えており、関西では手広く商売をしているが、これからはぜひ自社の酒を関東へ売り込みたいと狙っている。

歳の頃は御影と同じくらいだが、すでに結婚して子どももいるせいか、どこか落ち着いた雰囲気がある。また、商売人独特の物腰の柔らかさよりも、軍人のような堂々とした態度でものをはっきり言う男だった。

そんな彼が蓮に会うのは初めてで、御影に紹介されると凜々《りり》しい顔立ちにあからさまに驚きの色を浮かべていた。

「市川倫造《りんぞう》氏のことはわたしも耳にしたことがある。直接お会いしたことはないが、神戸にも南京町《ナンキン》という中国人が集まって住んでいる町がある。そこでは、最も信頼できる日本人の商人だともっぱらの噂だった。大陸の暴動に巻き込まれたのは、本当に残念なことだった。市川氏を失ったことは、両国の貿易と経済に多大な損害となったと思う」

田神はそう言うと、あらためてその息子である蓮に手を差し出した。蓮は彼としっかり握手をして言う。

「父のことを覚えていてくれる方がいて、とても嬉しく思います」

「御影のところにいるのなら何も心配はないだろうが、わたしに何かできることがあればいつでも言ってくれ。いや、しかし、驚いたな。亡くなられた市川氏にこんな美しいご子息がいたとは……」

田神の驚きは、どうやら母親に似た蓮の容貌《ようぼう》のせいだったらしい。

「おいおい、妻子ある身で惑わないでくれよ。それでなくても、谷崎からやっと取り戻したところなんだぞ」

「そういうつもりじゃない。ただ……」

「ただ、なんだ?」

御影が親しい友人らしくニヤニヤと笑みを浮かべながら田神をからかうと、彼はなぜか肩の荷を下ろしたような表情になる。

「いつまでも身を固めることもなく、男娼遊びもやめないと村上が業《ごう》を煮やしてわたしにまで相談していたが、どうやら案じるまでもなかったようだな。こういうことなら仕方がないかと思っただけだ」

田神をからかったつもりが、自分自身のことで切り返されて御影の笑みが苦笑に変わる。だが、そのまま言われっぱなしにしておくわけではない。

「だったら、わたしが身を落ち着けた祝いをもらおうか」

「ずいぶんとしょっているな。昔からそういう男だとは思っていたが、そういう男だからこそ、友人をしていておもしろい」

田神もまたしたたかな笑みを浮かべてみせると、持ってきた革の鞄の中から封書を取り出した。

「証拠の品はここに揃っている。調べ上げるのに苦労したぞ。だが、わたしとしても神戸の港を国賊《こくぞく》まがいの商人に穢されるのは心外だからな」

そう言うと、田神は机の上に封書の中身を広げていった。御影はそれを一つ一つ手に取って確認していく。夕食の支度が整うまで食堂の隣の部屋で食前酒を飲みながら、二人はそれらの書類を見ては難しい表情になって唸《うな》っていた。そばにいた蓮は自分もそれを見ていいものかどうかわからず、御影に遠慮気味にたずねてみる。

「それは、いったいなんですか？」

おそらく、それが谷崎を追い詰める何かであることは想像できた。だが、具体的に何を調べて、どんな証拠をつかんできたのだろう。

「これは、谷崎が裏で行っている不正取引の証拠となるものだ」

そう言って御影が蓮に差し出した書類は、積荷として船に運び込まれた弾薬や燃料の数量を記載したものの写しだった。

「青島《チンタオ》でドイツ軍と戦っている日本軍に送られる物資の一部は、神戸港から運ばれている。もちろん、弾薬や燃料などもだ。戦艦が出払っている今は民間の船を使って近くまで輸送して、閉鎖されている港に入る手前の海上で受け渡しをする」

だが、谷崎は日本軍への物資の一部をドイツ軍へ横流しして、敵国から多額の報酬を受け取っている疑いがあるというのだ。

「そんなことをして、日本が戦争に負けたら……」

日本人である谷崎自身が商売どころではなくなって、己の首を絞めることになる。だが、それはないと御影はきっぱり言い切る。

「青島には日本からだけでも十八師団が出向いている。それ以外にもイギリス軍と今ではインド兵も加わったと聞いた。対するドイツはわずか兵が五千足らず。少しくらい敵に塩を送っても、負けることはない」

それにしても、敵国に物資を流すというのは、通常では考えられないことだ。

「これが民間人に対する人道的な支援というなら人として同意できないこともないが、現在青島にいるドイツ人はほぼ全員が軍人だ。ましてや、多額の報酬を受け取って横流ししているものが弾薬や飛行機の燃料とあっては、申し開きもできないだろうな」

御影が言うと、田神も自分の持ってきた証拠の書類をあらためて見ながら半《なか》ば呆れている。

「表向きは生糸や砂糖などの商売で稼ぎながら、日本政府からは危険手当も含む安くはない運搬費を巻き上げて民間船で軍の物資を中国まで運ぶ。途中、敵国のドイツにもそれらを横流しして、戻ってくるときは空になった船に塩や石炭などを積んで日本で売りさばく。商魂のたくましさにはいささか頭が下がると言いたいところだが、あまりにも倫理に悖《もと》る」

谷崎が裏で違法な武器の売買をしているのではないかという噂は、これまでも絶えることなく囁《ささや》かれてきた。御影と田神はついにその証拠をつかんだということだ。

これをしかるべき筋に出せば、今度こそ谷崎は苦しい立場に追いやられることになるだろう。もはや、御影の製糸工場に手出しをしている場合ではなくなるはずだ。

御影の考えの全貌を理解した蓮は、これで自分も谷崎の呪縛《じゅばく》から解放されると思った。

「これらの証拠で警察がどこまで動くかはわからないが、少なくとも谷崎の周辺での監視は厳しくなる。当分の間は派手な動きはできなくなるだろう」

それに、昨夜のドイツの間諜が屋敷に紛れ込んだという嘘の密告も、この証拠を裏づけるのにいくらかは役立つかもしれない。御影が言っていた、図らずも張った伏線というのはそういうことだろう。

やがて夕食の準備が整い、三人は食卓テーブルにつく。今夜は田神がきているので、充分にもてなすために普段以上に豪勢な料理が並んでいた。

「こういう西洋料理にも日本酒は合うと思うんだがな。どうも東京や横浜では洋酒流行《ばや》りで困る。味もわからない人間がぶどう酒を飲んで、悪酔いしている様など見苦しいだけだ」

田神はずいぶんと辛口だ。普段は飄々としてつかみどころのない御影とは正反対ともいえる性格らしく、かえってそのあたりが気の合う理由なのかもしれない。

「コーヒーが日本に普及したばかりの頃も同じようなものだったよ。それでも、今ではちゃんと味わって飲んでいるし、豆を選んでアイスコーヒーを楽しむ者もいる。飲み慣れていくうちに、舌が洗練されてくるものさ」

それ以外にも日本酒には酒税の問題もある。洋酒は日本酒ほど税がかからないし、特にワインは無税なので安く手に入る。日本酒にかかる重税に多くの酒蔵会社が苦しめられているが、大正になってからはその流通形態にも変化が生まれ、そこに活路を見出そうする酒蔵もあった。

「うちでもこの秋から瓶詰めの酒を売るようになった。これで輸送しやすくなるし、店頭に並べて売ってもらうこともできる。というわけで、ぜひうちの銘柄を関東でも普及させたいが、かねてより頼んであったこちらでの窓口になってもらう件は……」

田神がその話を持ち出すと、御影はどこか気乗りのしない顔で頷いてみせる。

「コーヒーや紅茶のように日本では栽培が難しいものを仕入れて売るのはいいが、日本酒は地元の酒蔵がそれぞれあるからね。できれば地産地消の状態が望ましいと思っているが、今回ばかりは仕方がない。借りは返しておかなければ、あとが厄介だからな」

どうやら、谷崎の件を調べてもらう代わりに、田神の酒蔵の販売の窓口になる約束をしていたらしい。以前からその話はあったようだが、御影としては地元の酒蔵を守る意味もあって、友人の頼みであってもなかなか首を縦に振らなかった。

しかし、今回の一件で借りを作ってしまったので、引き受けざるを得ないということだろう。蓮は彼らと夕食をともにしながらも、これもまた己の身勝手な判断が招いたことだと反省しきりだった。

けれど、この席でそれを言うのはやめておこうと思った。あとで御影と二人になったなら、蓮は伝えなければならない思いがある。

今度のことがあって、少しずつ自分の進むべき道が見えてきたような気がする。いっときは完全に将来を見失い、明日さえどこにあるのかわからなかったのに、今は何かに導かれて御影のもとへやってきた気さえしていた。

御影も田神も父を知っていた。村上でさえ父の名前を聞き及んでいた。そう思うと、ここまで導いてくれたのはやっぱり亡き父かもしれない。

(今もそばにいてくれるんだ……。ならば、きっとお母様も……)

この世でたった一人になってしまった蓮だったが、今はその孤独を絶望とは感じなくなった。

すぐ横にいてワイングラスを片手に田神と語る御影の横顔は、初めてこの屋敷に使用人として勤めに入り見たときと変わらない。けれど、あのときとは違う思いで眺める彼は、蓮の目に以前にもまして美しくたくましい男に映るのだった。

その夜の夕食を終えると、食後のお茶を飲みながら御影と田神は簡単な商談をすませた。その後、田神は長旅で疲れていたのか、早々にナイトキャップのブランデーを片手にあてがわれたゲストルームへと引き上げていった。

蓮は以前と同じように御影の部屋に行き、彼が眠る前に飲むブランデーの用意をした。こうして二人でまた同じ夜を迎えられる日がくるとは思ってもいなかった。

「二人きりになると、やっとおまえを取り戻したと実感できるよ」

御影は蓮をそばに座らせて言う。

「ありがとうございます。わたしもここに戻ってくることができて、本当によかったと思っています」

蓮はあらためて御影に礼を言った。彼には心から感謝していると同時に、己が非力で無力な人間だと思い知った。今回のことではそんな自分が無駄に動き回り、結果として多くの人に迷惑をかけてしまったのだ。蓮がそのことを言葉にして反省すれば、御影が優しく微笑んで言う。

「両親を早くに亡くして人より苦労をしてきたかもしれないが、おまえはまだ若い。学業もきちんと終えないまま、辛い運命に翻弄されてきたんだ」

「運命だったんでしょうか？」

自分はこんなふうに生きると、あらかじめ決められていたのだろうか。

「あるいは、宿命というのだろうか」

御影はブランデーを一口飲んでから言葉を続ける。

「近頃思うんだよ。人は誰も成すべきことがあってこの世に生まれてくるのだとね。ことの大小も善悪も関係ない。例えば、その目の前に立ててある本を横にするだけで、この世界のどこかで何かが変わっているかもしれない。そして、それをするためだけに自分が生まれてきたとしても、不思議ではないような気がするんだよ」

そうは言われても、蓮にはよくわからなかった。少し首を傾げてみせると、御影は譬《たと》えがよくなかったと思ったのか、自分で苦笑を漏らしている。

「村上に跡継ぎを早く作れとせっつかれて、どんなに気がすすまなくてもそうするべきなのかと思ったこともある。この家に生まれたかぎり果たさなければならないことがあるのなら、それに流されてもいいような気もした。どうせ心から愛する人に出会うこともないのなら、それも与えられた宿命だとね」

御影がそんなことを考えていたなんて、少し意外な気がした。この屋敷にきた頃の彼は商売の傍ら男娼遊びにふけっていたし、すでに結婚など爪の先ほども考えていないようだった。

「けれど、おまえが現れた。だから、望まぬ結婚は違うと思った。おまえと出会っていなければ、わたしは自分の道を誤っていただろう」

「いいえ、どなたかよい人と一緒になられたほうが、正しい道だったかもしれません」

「それはないな。愛することのできない妻を不幸にしていただけだ」

御影はそう言うと、蓮の顔を見ながらふと話題を変える。

「そうだ。谷崎とのことが落ち着いたら学業に戻らせてやりたいと思っているんだ。が、第一高等学校へ通うなら東京で暮らさなければならないだろう。なので、この横浜でインターナショナルスクールに通うのはどうだろう。わたしも卒業した学校が山手にある」

そこでは英語で授業を行っているので、第一高等学校と同じく語学に関しては遅れをとる心配はないという。それに、多くの異国の者が入り交じって学んでいるので、英語以外の言語を覚えるにも都合がいい。

元来は外国人居留地の子弟が通う学校で日本人の受け入れはしていないが、御影本人が卒業生であることと、多額に寄付をしていることで、少しくらいの無理はきいてもらえるだろうというのだ。

「大学についてはその時期がきたら考えればいい。何について学びたいかにもよるが、東京帝国大学に戻るもよし、異国の大学へ行きたいのならそれもいいだろう。自分の夢があるなら、それを叶えるために多くのことを学びなさい。そのための手助けならわたしはどんなことでもするつもりだ」

それは、身に余るほどにありがたい言葉だった。礼を言う蓮に御影がさらに言葉を足してたずねる。

「ただ、今しばらくはわたしのそばにいてほしいと思うのは、わがままだろうか？」

「御影様……」

彼の言うとおり自分は何についても経験が浅く、焦ったり早まったりして判断を誤ってしまうような子どもなのだ。これからまだまだ学ばなければならないことが山のようにある。

それでも、子どものままではないこともあった。

こうして御影の屋敷に戻ってきて、蓮は一つだけはっきりとわかったことがある。それは皮肉にも、谷崎に再びこの体を使われてわかったことだった。

御影は蓮を愛しいと言ってくれた。今もその思いは変わっていないだろうか。また谷崎に汚されて帰ってきた自分を、今でも抱き締めたいと思ってくれるだろうか。

蓮がもう自分が子どもではないと思うその理由。それは、御影を恋しく思う気持ちだ。蓮が心を開くまで約束を守り続け、人を信じる気持ちを取り戻させてくれたとき、心から彼のことが好きだと思った。でも、今はそれ以上の気持ちがある。

（そう、もう子どもじゃない。子どもではいられない……）

蓮は震える唇で御影に話しかける。

「わたしは、谷崎のところでまた意に沿わないことを強いられてきました。言葉で伝えるまでもなく、御影様が想像されているようなことです。あるいは、それ以上に無様で淫らなことをしてきました」

「蓮……」

かつては薬を使われるまでけっして自分からは口にしようとしなかったことを、蓮は自ら告白した。御影は驚いたようにグラスを持つ手を止めたまま、じっとこちらを見つめている。

「ひどく惨めで情けなくて、けれど逆らう術《すべ》もなかった。ささやかな抵抗をしても、結局はあの男の前に崩れ落ちてしまうだけで、助け出されたときには準之助に『金で買われている男娼だって、そこまでやられていない』と言われるほどの有様でした。縛られて、打たれて、心にもないことを何度も口にさせられて……」

「もう、いい。蓮、やめなさい……」

言葉の途中で、御影がいきなりグラスをテーブルに置いて唸るような声で言った。ハッとした蓮が顔を上げると、御影は苦渋に満ちた表情を片手で覆っていた。

「もう、いいんだ、蓮。おまえが帰ってきただけで、わたしはもういいんだよ。何も聞かない。だから、辛い思いをしてまですべてを言わなくてもいい」

「御影様、では本当にまだわたしをそばに置いてくれますか？　どこへも行くなと言ってくれますか？」

「れ、蓮、何を言っているんだ……？」

覆っていた片手をそっと外し、御影が蓮の顔を見る。

「この体は谷崎に汚されて、汚辱の中を這《は》いずり回ってきました。一度は逃げ出した場所に自ら戻って味わったのは、これまで以上の地獄でした。自分でさえ自分の体がおぞましいのに、それでもまだ愛しいと言ってくれますか？　わたしに触れてくれますか？」

蓮が御影の前に跪き、彼の手を取ってさらにたずねる。

「わたしは、あなたにとって必要ですか？」

わずかな沈黙が部屋に流れて、次の瞬間御影の手が蓮の二の腕を引いて全身を抱き寄せる。

「おまえはわたしのものだ。誰にも渡さない。誰よりも愛しい。何にも替えがたい」

「本当に……？」

「谷崎に魂が奪われないかぎり、奴にどんな目に遭わされていてもおまえはおまえだ」

そう言うと、御影は蓮の頬を両手でそっと挟むようにして唇を重ねてくる。蓮はそれを自ら唇をわずかに開いて受けとめる。

濡れた音が響いて、御影の舌がブランデーの少し甘い味わいを蓮の舌に伝えてくる。それだけで酔ってしまいそうだったが、心も体もまだ足りないと御影を求めていた。

頬が熱い。それ以上に体が熱い。淫らに慣らされた体が、恋しい人がほしいと疼《うず》き始めていた。本当に子どものままならば、この状態ですでに怖いと身を引き離していたはずだ。けれど、今の自分は違う。谷崎に抱かれながらひたすら耐えているとき、脳裏では御影の手や声を思い出していた。それならば辛抱できる。それならば辛くはない。そして気がつけば、それがほしいとまで思うようになっていた。

「蓮、本当にいいのか？」

一度離れた御影の唇が蓮に問いかける。蓮はもう嘘をつけなかった。

「わたしは、御影様に触れてほしい。抱かれたい。この体をあなたにあずけたいんです……」

自分から求めることの恥ずかしさなど、谷崎のところでいやというほど経験してきたはずだ。だが、それはすべて偽りの言葉でしかなかった。

たった今、自分が口にしたのは嘘も偽りもない言葉だった。だから、この身が消え入るほどに恥ずかしいと思う。恥ずかしいのに、そう言わずにはいられない。これが誰かを思って、どうすることもできなくなる気持ちなのだとようやくわかった。

自分がまだ悩みのない子どもだった頃、学校で熱烈な恋文をもらいながら相手の気持ちを踏みにじるようにして逃げてきた。でも、今になって彼らの書いた一文字一文字の重さがわかるような気がする。

それは、本当の恋を知ったオネーギンのように、自分が少しだけ大人になって人を思う気持ちを知ったからだ。そして、蓮が心に思うのはただ一人、御影だけだった。

「おいで、蓮……」

そう言うと御影は蓮の手を引いて、ベッドへと連れていく。谷崎のところへ戻る前に、この体を抱き締められて一緒に眠ったことがある。それにすら少し怯えている蓮に、御影は何度も頬や額に唇を寄せて「これ以上は何もしないから」と言い聞かせてくれた。

そんな言葉に安堵して眠りについた蓮の横で、御影はどんな思いでいたのだろう。あのときと同じ気持ちでこの体を望んでくれるのなら、蓮はすべてを彼の前に晒してしまうことも厭わない。それほどに、今は蓮が御影の存在をほしいと思っているのだ。

それにしても不思議なのは、異性を抱いたこともない身なのに、こんなふうに誰かを自分だけのものにしたいと思う気持ちだった。女のように抱かれる身でありながら、御影に対しての自分の心は男のままでいられるような気がする。自分がほしいと思うから、抱かれるのだという気持ちが蓮をつき動かしていた。

「わたしは、あなたが恋しかったんです。離れている間中、ずっとあなたのことを思っていました」

蓮がベッドの上で言う。御影はそんな蓮の頰を優しく撫でる。

「その気持ち以上に、わたしはせつなくこの胸をかきむしっていたよ。この手に取り戻しすぐにでも抱き締めたくて、狂ってしまいそうだった」

御影はベッドに座らせた蓮の体を力一杯抱き締めてくる。そんな彼の腕の強さに身を任せながら、蓮がうっとりと呟《つぶや》く。

「抱いてください。わたしをあなたのものにしてください。体の隅々まで全部あなたのものになってしまいたい……」

蓮の言葉に御影が長く深い吐息を漏らす。そして、これまでにない強く激しい口づけを、眩暈とともに受けとめるのだった。

◆◆

体を開かれることは、蓮にとって常に屈辱と絶望を噛み締めるだけの行為だった。けれど、今それは愛を確かめ合う行為になった。だから、自分でも驚くほど淫らな声が漏れてしまう。

「ああ……っ、う……んっ、あっ」

誰かに嬲られることはあっても、誰かと抱き合うのは初めてのことで、優しくされるとどうしたらいいのかわからないでいる。

うつ伏せた体に覆いかぶさってくる御影の体は大きくて暖かい。そんな彼の手が股間に回り、蓮自身を擦って刺激してくれる。もうそれだけで果ててしまいそうなのに、御影が蓮の体を返して言う。

「口で愛してもいいかい?」

「そ、それは勘忍してください……」

御影の言葉に、蓮が恥じらいながら拒んだ。彼の口がいやなわけじゃない。ただ、飢えたこの体はきっと辛抱を知らないから、あっという間に果ててしまうに違いない。理由を問われて蓮がそのことを素直に言うと、御影はそんなことかと笑い強引にそこへ唇を寄せた。

「あっ、ど、どうして……?」

「何度でもいけばいい。我慢などする必要はないだろう」

「で、でも……」

できることなら、彼が自分の中に入ってきたときに一緒にいきたい。そんなせつない蓮の思いを知らず、御影は唇を股間に寄せて、巧みな愛撫で解放に導こうとする。そのたびに蓮がシーツを握り締め、足の指先に力をこめてこらえるのを見て、やがて呆れたように溜息を漏らす。

「相変わらず強情だな。どうして素直にいってしまわないんだ?　わたしを受け入れてくれたんじゃないのか?」

「だって、一人はいやだから……」

必死で果てそうな自分をこらえシーツを握り締めながら言えば、御影が笑って心配しなくてもいいと諭す。

「あとで必ず一緒にいくよ。だから、今は出してしまいなさい」

「本当に……？　必ずですか？」

何度も確かめることのあさましさはわかっている。それでも、淫らさを隠すことなどもう忘れた。どうにでもしてほしい。どうにでもしてくれていい。ただ、自分を一人にしてほしくないのだ。

御影は不安そうに震える蓮を抱き締めると、呆れるほどに美貌を崩して甘い笑みを浮かべる。

「こんなにも愛しているのに、一人にしたりしないさ。わたしを信じてくれるだろう？」

そう言うと、蓮の体をこれ以上ないほどに優しく撫でてくる。額も頬も顎も耳も、その手が触れると溶けそうになる。けれど、その手が胸や脇腹を撫でると、また緊張を思い出したように体が自然と硬くなる。

「怯えなくていい。怖いことも辛いこともしていない。ただ、愛しているだけだ」

御影は何度もそう言い聞かせると、蓮の胸に唇を寄せてその突起を優しく噛んだ。その瞬間、蓮の体の中で稲妻のような何かが走り抜けた。それは、痛いのにひどく甘い感覚だった。

「ああっ、うく……っ、んんっ」

たまらず快感に身悶える声を上げて、蓮は大きく体を仰け反らせる。

「あっ、ど、どうしよう。そこはなんだかおかしい……」

股間以上に胸で感じてしまう自分に困惑して、蓮は泣きそうな声でそう訴えた。もっと淫らな真似をさんざん強いられてきた体なのに、御影には胸を甘噛みされただけで驚くほど体が熱くなるのだ。そして、谷崎に言っていたように「助けて」と懇願してしまうが、手や唇を離してほしいわけじゃない。むしろ、もっともっと強く抱いて、触れてほしいと思っていた。

けれど、教えられた芝居でしかねだったことのない蓮は、御影にどうやってそんな気持ちを訴えればいいのかわからない。「深鷺」を長く演じてきた準之助なら、きっとこういうときに使う上手な言葉も知っていただろう。

すると、御影は蓮のもどかしい気持ちを察してくれたように、今度は指先で蓮の胸を何度もつまんでは優しく撫でて、唇を反対側の胸に押しつけてくる。

股間への愛撫に懸命に耐えていた蓮なのに、この瞬間触れられてもいないそこがあえなく弾けてしまった。

「ああ……っ、んぁ……っ」

自分の下腹を濡らして果てた蓮が羞恥に頬を染めると、口づけをしてから耳元で囁く。

「そうだ。そうやって何度でもいけばいい。達するときのおまえはとても可愛い。少し苦しそうでいて、そのくせ甘く溶けそうな顔になる。快感に溺れることは必ずしも罪じゃない。だから、もっと淫らなおまえを見せてくれ」

谷崎が蓮に強いたことと、御影が蓮に求めているものは違う。だから、御影の前でならどんな自分であってもいいのだと思える。たとえ淫らに崩れていっても、そこには愛という大きな受け皿がある。だから、蓮は御影の言葉に応えるように言う。

「もっと、見て……。わたしを全部見てください」

何が正しいのかわからないまま言った言葉に、御影は苦笑を漏らす。みっともないことを言ったのかもしれないと思ったけれど、この期《ご》に及んで自分を繕《つくろ》うことなどできやしない。

「そんな言葉はミサギからも聞いたことがない。とても刺激的で、わたしは好きだな」

呆れられたのか誉められたのかわからずカッと頬を熱くすると、すぐさま御影は蓮の両膝を大きく開いていく。自分が言った言葉どおり、そこが包み隠さず御影の目に晒される。

「おまえは、どこもかしこも愛らしいな。もう誰にもこの体に触れさせたくはない。ずっとわたしだけのものでいてくれ」

そう言うと、御影は硬く勃《た》ち上がった自分自身を蓮の後ろの窄まりに押し当てる。顔を見合わせていることに羞恥を感じているけれど、それ以上に自分のすべてを開いてこの人を受け入れることに大きな満足感を覚えていた。

それは愛されたいという思いと同時に、愛したいという思いがあるから。そのどちらもがひどく未熟な思いであっても、それだけに強く純粋で蓮は初恋に溺れていく。

「あっ、ああーっ、うく……っ。んんぁ……っ」

御影自身がゆっくりと蓮の中に入ってきて、こらえるつもりの声が漏れる。押し開かれ、強く擦れる痛みはあるのに、谷崎に抱かれていたときとはあきらかに違う鼻にかかった甘い声だった。

「蓮、苦しくないか？　辛くはないか？」

問いかける御影の声に、蓮は何度も頷いてみせる。

「ああ、おまえの中は熱くてとても心地がいい……」

御影が溜息交じりにそう言って、蓮の体を大きな手でまさぐる。もっと強く、深く自分を繋いでいてほしい。そんな淫らなことを心に思うだけで、蓮の体が震える。

「ああ……っ、うう……っ。んっ、んふ……っ」

声を抑えることなく、蓮は懸命に後ろの窄まりを弛緩させようとしていた。けれど、谷崎にされていたときと違い、道具を使ってそこを慣らしているわけじゃない。蓮は思いどおりにならない自分の体がひどくもどかしかった。

「ごめんなさい。なんだか、うまくできなくて……」

気持ちばかりが先走っているのに、なんて未熟で不器用なのだろう。谷崎に弄ばれるばかりで、何一つ覚えていない自分の体が今は恨めしい気分だった。

すると、御影が蓮の後ろに己自身を中ほどまで埋めると一度動きを止める。さすがにこのままでは御影もきつくて身動きができないと思ったようだ。

「ずいぶんと体を硬くしているな。やっぱり、後ろは苦手か？　少し丁子油を使っていいか？」

そうすれば楽になることはわかっていても、谷崎にされていたときのように淫らな音を耳にすることになる。羞恥に頰を赤くした蓮だが、視線を御影から逸らしながらも小声で、「そうしてください」と言った。

すると、御影が一度は途中まで埋めた己自身を引き抜き言った。

「おまえを傷つけないためだ。少しだけ我慢してくれ」

その言葉とともに、丁子油を手に取った御影の指が蓮の後ろの窄まりに埋まる。

「うう……っ。あう……っ」

声を殺そうとしても、器用に動いて中を濡らす指に蓮が喘《あえ》ぐ。

「このままでもいけそうだな。どうする？　わたしの指でもう一度いくか？」

だが、蓮は懸命に首を横に振った。

「い、いやっ。あなたが入ってから、一緒にいきたい……っ」

一度果てたあとも何度か追い上げられているけれど、それでも御影と一緒にそのときを迎えたくて、蓮は唇を嚙み締めてこらえてきた。蓮の気持ちを察した御影が指を抜き去ると、今度はためらいもなく自分自身を埋め込んでくる。

「前がこんなに硬くなっている。そう長くは持たないだろう」

そう言うと、御影は蓮の股間の根元をしっかりと握る。指を輪にしてそこを強くつかまれると、いきたくても吐き出すことはかなわない。

「うう……っ。ど、どうして……」

「一緒にいきたいのなら、もう少しの間このまま辛抱しなさい」

ときおり御影が使う命令口調が、今の蓮には妙に心地がいい。谷崎がこの体を嬲るのとは違い、御影の手でそういうことをされると蓮の体は淫らに燃える。慣らされた性があるとしたらあまりにもおぞましいけれど、御影の手なら何をされてもいいと思ってしまうのだ。

「さぁ、もう少しだ。わたしをおまえの一番奥までいかせてくれ」

そう言うと、今度は丁子油の滑りを使って、御影は一気に蓮の体の一番奥まで突いた。その瞬間、味わったことのない快感に蓮は悲鳴を上げる。

まさか自分がこんな声を出すとは思いもしなかった。けれど、それは生理的に上げてしまった声ではなくて、むしろ心が啼《な》いたのだと思う。

「愛しているよ、蓮。おまえほど愛しいものはいない。その美しい顔も体も、利発さも純粋な心も、すべてがわたしの胸をくすぐるんだ」

そんな言葉を夢うつつで聞きながら、蓮は体の中が濡れて淫らに堕ちていくのを感じていた。それは、谷崎とともに堕ちる地獄ではない。そこは蓮が生きている幸せを感じる、愛する人の腕の中だ。

やっと見つけた自分の生きていく場所。そこには蓮が心をあずけられる人がいる。そして、その人が恋しい人であり、自分を愛してくれる人だった。

「ああっ、蓮……っ」

御影が搾り出すような声で、名前を呼んだ。その瞬間、蓮の体の中に熱が放たれる。同時に蓮の股間も熱く弾ける。その温もりまでが愛しくて、蓮は弛緩していく体とともに甘い吐息を漏らす。

しばらくの間、身動きもできないまま二人は愛の行為の余韻に浸っていた。

「蓮、愛しているよ」

「わたしもです……」

囁き合って抱き締め合う。やがて火照《ほて》った体が静まってくると、ゆっくりと体を起こした御影がベッドから下りる。そして、彼はワードローブから例の浴衣《ゆかた》を取り出してくると、ベッドに横たわったままの蓮の体が冷えないようにと羽織らせてくれる。大切な母親の思い出の品を、他の誰でもなく自分に与えてくれたことを、今はどんな贈り物より嬉しく思っている。

抱かれることに怯え続けてきたけれど、今はもう怖くはない。これが禁忌なら、この世にいない父と母に何度でも詫びるつもりだった。なぜなら、きっと両親が生きていても、蓮は御影に出会っていれば同じように体と心を求め合う関係になっていたと思うから。

（ああ、だから、宿命なのか……）

蓮が心の中で呟く。淫らに穢れた体は、明日をも知れない暗闇に怯えながらも、それでも生

き延びてきた。そればかりか、こうして心から恋しいと思う人に出会えた。

これが宿命だというのなら、蓮はすべて受け入れる。これからはどんな恐れも戸惑いも不安も、大切な人のそばにいればきっと乗り越えられると思うから。


翌日、田神は神戸に戻り、近日中に瓶詰めの日本酒の見本を送ると言い残していった。

「見本の酒は主だった店に配って、余ったものはこのたびのお礼も兼ねてシュタイナー博士のところへ持っていくとしよう」

シュタイナーは日本酒が好きなので、きっと関西の酒を珍しがって喜ぶだろう。

そして、御影は匿名の封書で例の不正取引の証拠の品を、東京の「谷崎商会」を管轄する警察署に送った。

最初は小さな噂話だったが、数日後には新聞やラジオに情報が漏れて、世間を賑《にぎ》わす大騒ぎになっていた。御影は谷崎の歯軋《はぎし》りが聞こえそうだと声を殺して笑っていた。だが、油断をしているわけではない。

おそらく、今回の騒動の仕掛け人が御影であることは気づいているだろうから、どんな報復手段を講じてくるかもわからない。

ただ、保身のために金を湯水のように使い各方面に手を回した甲斐もなく、情勢は日々谷崎にとって不利な方向へと進んでいる。警察が周囲の情報固めをする際、話を聞いて回った者たちの誰もが谷崎のことをよく言わないせいで、その心証は極めて悪いらしい。

さすがの谷崎も牢獄に入るかどうかの瀬戸際ともなれば、この問題を軽くあしらうわけにはいかない。自業自得とはいえ、突然降りかかってきた悩ましい問題に時間を割かざるを得なくなり、御影の工場ばかりか、それ以外にも手を出していた長野《ながの》の工場からもすっかり手を引いてしまった。

近頃は自分の製糸工場で取れる生糸だけを細々と輸出して、中国から茶などを輸入するという、昔からの商売に戻ったようだ。騒動のほとぼりが醒《さ》めるまでの二、三年のことかもしれないが、その間に世の中の状況も大きく変わっているだろう。一度縮小した「谷崎商会」をかつての規模に戻すのには、おそらく何年もの年月がかかるに違いない。

「もっとも、どんなに微塵《みじん》に踏み潰されたところで、そのまま塵《ちり》あくたに成り果てるような男でもないだろうがね」

御影はそう言っていつになく厳しい顔をしていた。蓮もそれは同感だった。谷崎もまた厳しい時代をのし上がってきた鋼《はがね》のような商人なのだ。

御影や田神のように先代を引き継いだ者とは違う、叩かれて叩かれて這い上がってきた強さがあの男にはある。けれど、蓮はあの男のように生きたくはない。父の言葉を思い出しては胸に刻み、御影のそばで同じ道を歩んでいこうとすでに心に決めている。

愛する人からたくさんのことを学び、たくさんの愛を与えてもらう。そして、この身に受けとめたすべてを己の血や肉として生きていく。成長していく蓮を見つめながら、御影はいつも近くで微笑んでくれるだろう。そうして生きていくことこそが、二人に与えられた宿命だと今は信じているから。

あとがき

今回は大正時代でお目にかかります。第一次大戦勃発の年、一九一四年前後のお話です。

あらためて調べてみれば、この時代意外なものがすでに普及していたり、絶対あると思っていたものがまだまだ一般的でなかったりと、新鮮な驚きがいっぱいでした。わずか十五年の短い期間とはいえ、政治、経済、文化が大きく変化していく端境期には、興味深いエピソードも多くあり、話を進めながらけっこう自分が楽しんでしまいました。

ちなみに私事ですが、少なからず縁のあった日本の中華学院では、あらゆる書類やプリントにすべて「民国××年」と記載されていました。

辛亥革命ののち中華民国ができたのが大正元年なので、「民国××年」は、すなわち「大正××年」ということになります。

当時「民国」と印刷されているのを見るたび「大正だったら九十二年」とか、「大正だったら、ちょうど百年目」とか、どうでもいい置き換えをしながら意味のわからない北京《ペキン》語のプリントを眺めていました。

そんな遠くて近い大正時代のお話の挿絵ですが、みずかねりょう先生が美麗に描いてくださいました。優美な雰囲気の漂う絵は、きっと読者の皆様にも存分に楽しんでいただけたと思います。お忙しいスケジュールの中、ありがとうございました。

さて、この「あとがき」を書いている現在は、例年通り某国に滞在中です。世界中どこへ行こうとやっているのは仕事ですが、こちらでは気晴らしがウォーキングからガーデニングに変わります。

裏庭ではかねてよりアライグマやリスは見かけましたが、近頃は鹿が草花を食べに出没するようになり、一晩お泊りしていったりするもんですからちょっと困っています。

先日、夕食後に庭で太極拳をやっていたら、いきなり柵を越えて駆け込んできたので、ハタッと睨み合ったままで両者とも静止。まだ大人になりきっていないとはいえ、角のある野生のオス鹿。突進されたら困るとばかり、後ずさって家の中に緊急避難しましたよ。

いつ鹿が飛び込んでくるやもしれない裏庭でガーデニングはスリリングすぎるので、今年は庭仕事は捨てようかと……。近くの海辺まで散歩に行くのもいいんですが、途中おいしそうなフィッシュ＆チップスの店とかオールデーブレックファストの店とか、パブとかあって、こっちも別の意味で危険です。

いろいろな危険に囲まれながら、あと一ヶ月ほどすれば真夏の日本へ戻る予定。ぜひ新作を引っさげて帰りたいものです。それでは、また。

二〇一一年六月

水原《みずはら》とほる

この本を読んでのご意見、ご感想を編集部までお寄せください。
《あて先》〒105－8055　東京都港区芝大門2－2－1　徳間書店　キャラ編集部気付
「気高き花の支配者」係

■初出一覧
気高き花の支配者……書き下ろし

気高き花の支配者

【キャラ文庫】

2011年7月31日　初刷

著者　水原とほる
発行者　川田　修
発行所　株式会社徳間書店
〒105-8055　東京都港区芝大門2-2-1
電話048-451-5960(販売部)
03-5403-4348(編集部)
振替00140-0-44392

印刷・製本　図書印刷株式会社
カバー・口絵　近代美術株式会社
デザイン　ムシカゴグラフィクス　塚原麻衣子・百足屋ユウコ／海老原秀幸

ISBN978-4-19-900628-9

好評発売中

水原とほるの本
【夜間診療所】
イラスト◆新藤まゆり

法外な報酬をふっかけて、ヤクザの治療も引き受ける――。大学病院を追われ、繁華街で夜間診療所を営む外科医の上嶋《かみじま》。そんなある晩現れたのは、一回り年下の大学生・敬《けい》。ジャーナリスト志望の敬は、ヤクザと対等に渡り合う上嶋に嫌悪を隠そうともしない。けれど、医療への真摯な一面に触れた途端、剝き出しの興味をぶつけてくる。「俺とおまえじゃ住む世界が違うんだよ」。戸惑う上嶋だったが!?

キャラ文庫最新刊

兄弟にはなれない
桜木知沙子
イラスト◆山本小鉄子

酒の勢いで見知らぬ男と寝てしまった会社員の翼《つばさ》。ところが、その相手・上総《かずさ》と親同士の再婚で義兄弟になってしまい…!?

満月の狼
火崎 勇
イラスト◆有馬かつみ

表の顔はヤクザ、真の姿は狼男!? 鬼迫《おにさこ》は、美貌の青年・小鳥遊《たかなし》に一目惚れ。そんな時鬼迫に殺人容疑が!! 担当刑事は小鳥遊で!?

H・K《ホンコン》ドラグネット①
松岡なつき
イラスト◆乃一ミクロ

高校生・隆之《たかゆき》の前に、香港マフィアの幹部が現れ「おまえは次期総裁候補だ」と宣言！ しかももう一人の候補は腹違いの義兄で!?

気高き花の支配者
水原とほる
イラスト◆みずかねりょう

過去を隠し、御影《みかげ》家で下働きをする蓮《れん》。けれどある日、主人・御影の興味を引いてしまう。御影は蓮を強引に抱いてきて――!?

8月新刊のお知らせ

神奈木智　[俺にだけは恋をしないで(仮)]　cut／高星麻子
榊 花月　[天使でメイド]　cut／夏河シオリ
杉原理生　[親友の距離(仮)]　cut／穂波ゆきね
松岡なつき　[H・K《ホンコン》ドラグネット②]　cut／乃一ミクロ

お楽しみに♡

8月27日(土)発売予定